U0055593

聽說我們仍在相愛

鄭梓靈 著

序

最痛的分手，是敗於舊情復熾。

情願愛上的是貪新厭舊的人，最怕他總是覺得新不如舊。

短促得來不及枯萎的舊情在記憶裡永遠完美，明明現在身邊的那一位已經是這麼好，但曾經是多麼痛惜的擦肩而過，一旦有給你失而復得的機會，誰可以鐵了心拒絕？

聽到你親口說，我們如今仍然可以相愛，我才知道，其實我還是多麼愛你。

我們誰都沒想過，原來，自己也可以是濫情的。

畢竟人生，只能活這麼一次；青春，只有這麼短。

然而，一生中卻沒有幾次，有人願意聽聽我們原諒自己的理由。

彷彿總是要愛上兩個人，在注定要痛苦的選擇之中，我們才能夠確切感受到，自己真正被需要的那種幸福。

沒有人同情的背叛者，到後來，即使知錯也只能錯到底了。

懲罰自己，或者終究不會得到原諒，但至少，再沒有人要平白受苦了。

鄭梓靈

目次

楔子

「那天我真的很生氣。」電話裡傳來誠仁深沉而令人安心的聲音。「可是那跟我喜不喜歡妳沒有半點關係。」

「你是應該生氣的哦。」

誠仁好像嘆了一口氣，很輕很輕，彷彿連嘆息也自覺多餘了。

「我已經一點也不生氣了，因為我不是早就知道，紀晨不是個貪新厭舊的人嗎？雖然我仍然很喜歡妳，但是我知道，無論我再做什麼，也沒法彌補妳想填滿的缺憾的，這個也跟妳喜不喜歡我沒有關係，不是嗎？」

誠仁那麼心平氣和地跟我說這番話，讓我覺得又難受又感動。

「對不起。」我只能夠說。

誠仁沉默了一會，不知道為什麼，腦裡湧現他紅了眼眶的模樣，也許紅了眼眶的其實只是此刻的我。

誠仁的聲音再次傳進我耳朵，「我只是想說，我們誰不是顫抖著活下去的呢？」

是的，誠仁，我居然對你說了那麼無情的話！

我不知道我是怎麼放下誠仁的，他的聲音仍然震撼我的心。

但我什麼都沒說出口，只靜默地聽著他的一字一句。

「紀晨，我等妳，這樣好嗎？」

我一下子不太明白誠仁的意思。

在我那樣傷害他之後，他仍願意等我？

「誠仁，我不值得。」我啞著聲說。

掛上電話，我轉身走上樓梯，返回屋頂的屋裡。

「是誰呢？」

楊皓微笑著問我，看見他的笑臉，我才真正感到鬆一口氣。

只有楊皓，他值得我那樣做。

「只是一個舊朋友。」我輕描淡寫說。

「舊朋友？我認識的嗎？比我還要舊嗎？」楊皓跟我碰了碰鼻子，他很感興趣地問。

「在你以前出現的人，我沒記住，在你以後出現的人，我都放棄了。」

這就是我的答案，也是我的幸福和悲哀。

「我很高興我是紀晨妳的唯一。」

「你一直都是的，只是從前你沒有因為這樣而高興。」

他用擁抱回應我的責難。

「我最討厭別人不辭而別了。」眼淚擠進眼眶，我小聲說。

第一章　生日派對

我彷彿只是莫名其妙地闖進他的生活，
而讓他沒有選擇的那種人而已，
似乎無論做什麼都注定要被嫌棄似的，
我突然充滿悲觀的無力感。

「Happy Birthday！」開門的一刻，看見小蓓帶著一群朋友站在我的宿舍房門外，我確實嚇了一跳。

畢竟我跟小蓓，是開學那天才認識的，那只是六天前的事而已。

一個人隻身到美國唸大學的最初，如果不是小蓓，我不知日子可以怎樣過。

我跟小蓓同系，唸的是歐洲研究。她第一天便告訴我說想轉系，第三天又對我說，因為認識了我的緣故，決定唸下去就好。

「因為是同年同月同日生呀！」她曾經很認真地對我說。

這樣說或者好像很傻氣，但那時候的我真的很感動。

年少最美好的地方，是特別容易感動呀。

結果幾天之後，也就是在我們生日那天，她領著朋友來敲我的門。

我永遠記得，我是在十九歲生日那天認識楊皓的。

「他們是我的好朋友，今天來我房間為我開派對，聽說我認識了一位同日出生的美少女，便嚷著要來跟妳慶祝慶祝！」小蓓手裡握著一支香檳，兩邊臉頰紅紅的，我敢說她八成是醉了。

「妳好啊！妳就是紀晨啊？」有一個男生問我，仔細看，一共八個人，六個是男生。

「呃……是，你們好……」我支支吾吾地應著，低頭看看自己，因為壓根兒沒想過會有人來探訪，此刻我穿著一套睡覺才穿的便服，發皺又殘舊，頭上也別著一根歐巴桑一樣的髮夾，臉上脂粉不施，我現在的模樣簡直是災難。

「我都說紀晨長得很可愛啊！」小蓓卻大聲說，讓我很尷尬。「我們來參觀一下紀晨的房間吧！」

「好啊！」其他人應和著。

「欸？但是……」我試著阻撓，但情緒高昂的青年們，已經迫不及待湧了進來。連名字都沒給我介紹的一行人，毫不客氣地審視著我房間裡的擺設。

「為什麼沒有海報啊？」小蓓以外唯一的女生問。

「海報？」

「那樣房間太冷清了！妳沒有喜歡的偶像嗎？例如李小龍怎樣？」跟小蓓靠得最近的男生問。

「人家是女生，貼什麼李小龍？白癡！」小蓓搶白道。

在他們討論著自己房間貼了誰的海報的同時，又有人指著我的床單大叫：「好紅啊！床單犯不著那麼紅吧？好誇張啊！」

「我只是覺得顏色鮮豔一點，會耐洗一點嘛……」我解釋起來，我只帶了一張床單過來。

「是結婚初夜用的床單嗎？」有人不懷好意地笑著。

「你嘴巴真賤！」

「床單要洗的嗎？我一年都不洗一次啊！呵呵呵！」

我放棄插嘴了，這班人是存心來找我樂子的吧！

我沒好氣，只能站在一旁陪笑。

不過，一個人的房間，自我搬進來以後從來沒有那麼熱鬧過，雖然被作弄，但我一點也不介意。

由始至終沒說過一句話，只是微笑著置身其中的，是一個長得高高瘦瘦的男生，他穿一件紅黑色格子襯衫，長長的劉海差點遮住了雙眼，但還是可以看見他掩不住的懾人眼神。他並不是跟我一樣搭不上嘴，也不是瞧不起人，他只是用大哥哥一樣的態度，沉靜地看著眼前這班玩得失控的小孩子，那是充滿縱容和愛憐的眼神。

我正分神看他，突然聽到小蓓高呼道：「瞧啊！是情書嗎？紀晨剛來一星期就收到情書了！」

我回頭一看，小蓓正站在我的電腦前凝神看著螢幕。呃！對啦！剛才收到一封莫名其妙的示愛電郵，正看到一半，他們就敲門了，我沒有機會把視窗關上。

「嗨！別看吧！」我情急地衝過去，想用手擋著螢幕。「是惡作劇而已，別看啦！別看啦！」

「倒不像惡作劇啊！對方的語氣很認真的，喂，你們過來看看嘛……」小蓓還在鬧，這時電腦突然關上了，螢幕變成一片黑色。

我跟小蓓抬頭一望，原來是剛才那個沉默的男生把電源拔掉了。

「別玩啦！」他笑笑說，我終於聽到他的聲音，很低沉。

「真掃興啊！」小蓓怪叫道，很快便忘了這件事，又跑回去跟其他人瞎鬧起來。

我鬆了一口氣，回頭看那男生，我用感激不盡的眼神向他道謝，他只笑笑沒說什麼。

「你叫什麼名字？」我問他。

「楊皓。」他淡淡地說：「妳叫文紀晨對吧？」

「嗯。」我用力點點頭，很高興他記得我的名字。

「今天也是妳生日對吧？」他問我。

「是的。」

「生日快樂。」

他的聲音很好聽，單單四個字已很有分量。

我在想接下來應該說什麼，我已經不太在乎其他人在我房間裡搞什麼鬼了，小蓓卻突然說：「喂！是時候吃生日蛋糕了吧？阿麥你快給我拿過來！」

她身旁的男生原來叫阿麥，阿麥用很慘的表情問：「放哪裡了啊？」

「Common Room 的冰箱裡啊！難道在我衣櫃裡？白癡！」

阿麥跑到外面，不消一會就跑回來大叫：「蛋糕被偷吃了一半啊！」

「什麼？誰夠膽偷吃我們的生日蛋糕！欠揍啊！」小蓓大吵大鬧，誓要揪出元凶。被他們這麼一鬧，我已經睡意全消。

結果我就決定穿著睡衣、別著髮夾，用最真實最自然的模樣，接納這班新朋友。

我讓他們留在我房間裡，一整晚飲酒談天玩樂，天亮時，我終於知道了他們每個人的名字，原來阿麥是小蓓的男朋友，而楊皓跟另一位男生 Gary 不住在宿舍，而在外面分租一間屋子。我很感激今天他來參加小蓓的生日派對，不然我便不能認識他。

天亮的時候，大家都睡得死死的。零食包裝紙、汽水罐散落一地。我躡手躡腳起床，先收拾一下慘不忍睹的房間。楊皓也起來了，他來到我身邊，一聲不響地幫我清理房間的垃圾。在這個連「早安」也沒說的早晨，我唯一在意的兩件東西，是楊皓長了一點鬍碴時那張特別好看的側臉，和他勞動著時給人體貼感覺的瘦長身影。

這天第一次上每星期一堂的必修課，我因為還沒弄懂校園教室的位置，每次總是早到。今天進教室後，卻發現楊皓一個人坐在偌大的教室的最後排，他正在低頭看書。我其實應該跟他打招呼，但卻莫名地緊張起來，因為教室裡只有我們兩個，沒有小蓓或其他我們共同認識的朋友，我不知道應該談什麼話題。膽小的我結果在第一排的角落坐了下來，一直背對著他。我以為他稍一抬頭時或者會發現我而主動跟我說話，但他不知道是看書看得太專注，還是沒有認得我的背影，一直沒有開口。

我終於忍不住轉頭用英語問：「請問這裡是上綜合英語二的嗎？」

楊皓這才抬起頭來，笑容出現在他的臉上：「啊！是妳。」

「呃……嗨！沒想到是你呢！」我裝出很意外的表情。

「妳也修了這門課？」他把書合上，把身子靠前一點問。

「嗯，你也早到了嘛。」

因為相隔太遠，我們都必須拉高聲音交談，教室裡迴盪著這些沒有意義的話語，有點奇怪。

我看見他把書收進背包裡，似乎想要起身過來跟我一起坐。

這時候卻有一個金髮男生走進來，他看見楊皓很高興，立即跟楊皓打了招呼，大踏步走到最後排，一屁股在楊皓身邊坐了下來。

於是楊皓便放棄過來跟我一起坐了，他只是對我帶點惋惜地笑笑，然後金髮男生便跟他交談起來。

「那晚要不是我喝得那麼醉，是絕對不會那麼放肆的，對不起哦！」小蓓捧著餐盤對我說。

我們把午餐放在一張沒人的桌上，拉開椅子坐了下來。

「我一點也沒有生氣哦。」我笑著吮了一口汽水，好渴呢，跟小蓓一起時，她總是說個不停。

雖然小蓓認識我不久便對我惡作劇，但我發現她最大的好處，是會很認真地向人道歉，她的真誠讓人感到心甜。

小蓓把沙拉醬混進生菜絲裡攪拌起來，說：「竟然沒有人阻止我鬧呢！大家都因為我生日就由我。」

「他們都醉了吧？」我微笑著，想起了他。「除了楊皓。」

「妳不要看他總是很清醒、一副斯斯文文的樣子啊。」小蓓說，我豎起耳朵聽著。「他瘋狂起來，會把妳嚇死！」

這下撩起了我的興趣，我連忙問：「怎麼瘋狂？」

「才上個月吧！他跟朋友一起徒手爬到市政廳的鐘樓頂，拉起寫有反戰標語的橫布條示威呢！」

「呃？徒手？」

「對，就是徒手。」小蓓想當然地點點頭，開始大口大口地吃生菜絲沙拉。

「他不要命了？」我沒頭沒腦地說。

「誰懂得那傢伙腦子裡裝什麼？」小蓓吃得滿嘴都是沙拉醬。「不過從來沒聽說過他家裡的事呢！」

我沒想過他會做這種事，但聽說後，又覺得不是不可能，我很想看看那個時候的他，於是在腦裡不斷想像著。

「妳知不知道他有沒有女朋友？」我忽然衝口而出，連自己都吃了一驚。

小蓓停下動作望著我，然後爆笑開來說：「不知道呢！怎麼啦？你們好像很投契吧？」

「哪裡！我隨口問問，我看你們好像都有男女朋友啊！」我轉開話題說：

「嗨，可以問妳一個問題嗎？」

「什麼？」

「妳常常罵妳家阿麥白癡，不怕他生氣啊？」

「怕什麼？他不知多高興。」小蓓說，倒不知道是不是認真的。

「不過妳很喜歡他的，對嗎？」

我問得唐突，但小蓓一點也不介意，還很認真地思索起來，她真是一個可愛的女孩。

「嗯，也許因為他手臂很軟吧！胖胖的，肉有點涼，挨上去好舒服。」她說完嘻嘻笑起來。

「這也是喜歡的理由嗎？」我笑著說。

「妳好像有感情煩惱吧?」她說。

「才沒這個閒功夫呢!」我猛搖頭,低頭嚼起麵包。

之後每次上英語課,楊皓一進教室看見我,都會筆直地往我這邊走來,跟我一起坐。既然是認識的,這是自然不過的事,但我老是很在意他的主動。我很感激一個人來到大老遠的地方讀書,這麼快便遇到可以朝夕期待的人,沒有他,日子必定孤單無聊得可憐。

很快我們發現導師根本不登記上課學生的名字,課程內容淺白又無聊,漸漸來上課的人數已經減少了一大半。相信楊皓對這樣的課也該不感興趣才對,但他跟我一樣,從來不曾缺席。我們有一搭沒一搭地聊些瑣碎事,都是跟課堂毫無關係的話題——「我有巧克力,你要不要吃?」「沒有車子很不方便啊!我想去近郊旅遊景點看看!」「這裡的自來水原來不能喝嗎?電影裡的美國人不都是扭開水龍頭就喝的嗎?」「小蓓介紹我去的餅乾店,那裡的冰淇淋餅乾夾心,你有沒有吃過?很棒哦!」我總是說著一些很笨的話,而他也總是很認真地回答我的問題。哎呀!真搞不懂我們為什麼要逼自己坐在這裡壓著嗓門說悄悄話,明明兩個人都無心聽課,但如果不困在課堂裡的話,又好像沒有特別的理由單獨相處。

這天英語課我先到教室，沒多久卻看見小蓓進來了，她向我走過來。

「嗨！妳不是上這課的啊？」我問她。

「是啊！阿麥借了楊皓的書，叫我來這裡找他。」小蓓把一本很厚重的工程書放在我桌上。「他許久沒上課了，不知道又在籌備什麼鬼，但誰都知道他必定會上這課的，妳說怪不怪？像他那種人根本不會為這種課浪費時間的吧？」

「妳把書給我，他來了我幫妳還他。」我說。

「好啊！謝謝，明天一起吃午飯吧！」

「好啊。」

小蓓很高興地揮揮手走了。

到底是不是因為這裡有我？我叫自己不要多想，但這個問題徘徊在腦裡揮之不散。

他一定有別的理由的，不一定是因為我啊！

我決定了要確認一下，楊皓來到的時候，我鼓起勇氣對他說：「不如蹺課吧！」

說完之後我緊張得無法呼吸，楊皓還沒坐下來，只怔怔地望住我的臉。

等了像一百年那麼久，他才露出笑容，說：「好啊！不如出去吃飯吧！」

噢！他來這裡，真的不是為了上課的吧？

坐在食堂裡，我心裡祈求不要遇見會坐下來的熟人。

我們並沒有滔滔不絕地談天，但感覺很舒服。就算他只是點一點頭，彷彿便已經說了千言萬語，一點也不沉悶，也沒有半點不自在。其實兩個人獨處也不需要什麼理由吧？因為覺得一起很好，就自自然然走在一起，應該是這樣子的。

「聽說你都不去上課。」我說。「不怕嗎？」

「嗯。想做的事情就去做，不想做就不要做。就那樣。」他微笑著說。

「聽起來很簡單的法則，不過說難也真難。」我露出傷腦筋的表情。

像他這麼擅長分辨「想做」和「不想做」的事情的人，對我來說，與其說是可怕，不如說是很值得崇拜吧。和我在一起，屬不屬於他「想做」的領域呢？感覺上，我彷彿只是莫名其妙地闖進他的生活，而讓他沒有選擇的那種人而已，似乎無論做什麼，都注定要被嫌棄似的，我突然充滿悲觀的無力感。

第二章　最大的冒險與幸福

怎可能不喜歡他呢？
我無法相信有哪個女孩會不喜歡他，
也不敢想像除他以外還有別的男生值得我喜歡。
他就是這樣絕對的一個人。

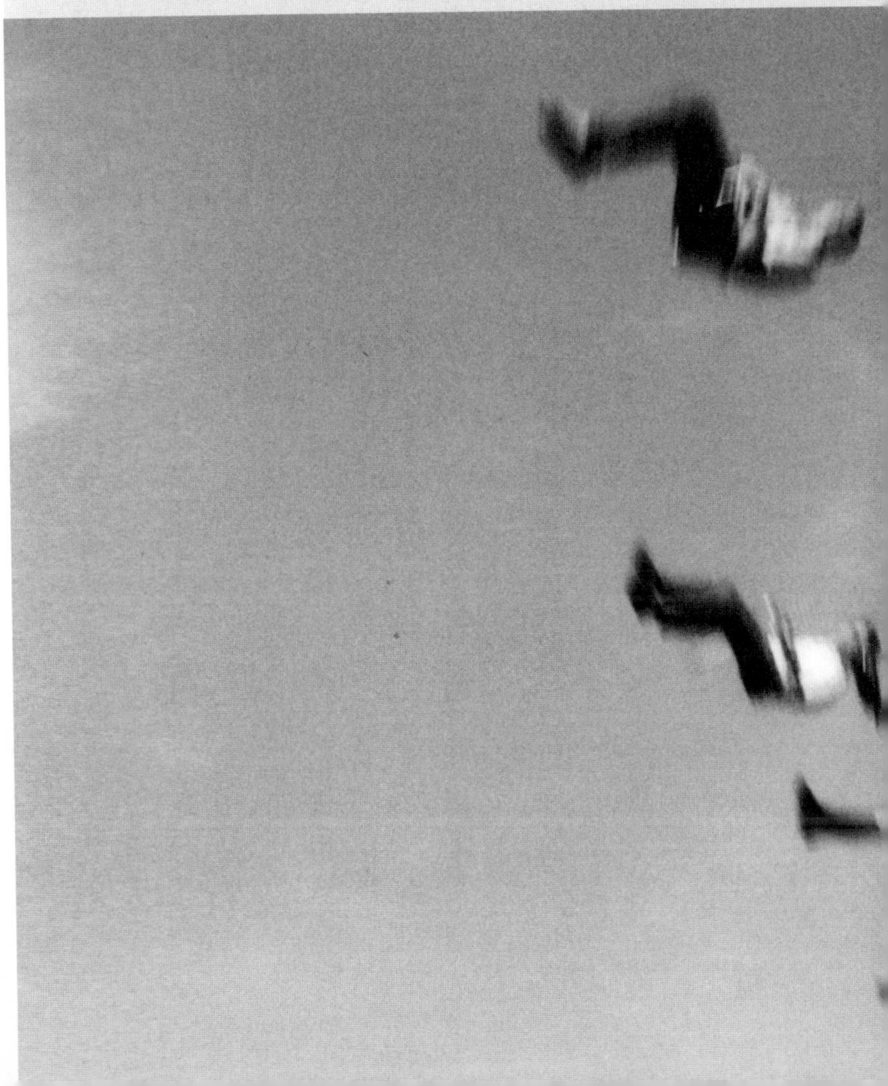

連續下了一星期的雨，天氣難得放晴，反正這天沒有課，我便鼓起勇氣一個人坐了公車，到海灘去走走。

沿著海岸線都是做遊客生意的小商店，我寫意地翻著地圖，逐間逐間逛著，我家媽媽一個人經營一間二手衣物店，所以我特意逛了幾間古著店，感受一下還在媽媽身邊的感覺，自小看見碎花布便瘋狂的我，買了個裡襯是碎花布的皮製包包給自己，另外還買了小禮物打算回去送給小蓓，謝謝她一直以來的照顧，我還帶了照相機，用過客的眼光去拍攝周圍的人或物，不知不覺便消磨到夜晚。我並不是不怕寂寞，但是我希望自己真的可以成為一個獨立勇敢的女生。好不容易說服媽媽供我到這裡唸書，我不希望回家的時候，還是個懦弱無知的小女孩，所以雖然心底很害怕一個人到陌生的地方，但又為此隱隱感到自豪。

吃了漢堡做晚餐之後，我看看公車時間表，發現最後一班快要開出了，我便趕忙動身，到公車站等，那裡已經有一行人在排隊。公車來的時候，我卻發現了一個熟悉的身影——楊皓就站在對街的公車站旁邊，而他等的公車也剛到，他正準備登車，完全沒有發現我的存在。

在全沒預料的情況下碰上楊皓，我情不自禁地衝出馬路、往他的方向走去——也許我只是太寂寞，而他的身影散發著溫柔的光輝，總是給我溫暖的錯覺——我毫不猶豫地跟在人龍後面登上他要坐的公車。也許是尾班車的關係，公車上人很擠，我跟他相距著十幾個人的距離，他一直低著頭沉沉地思索著什麼，並不知道我也在車廂裡，我也沒有喚他。車子往學校相反的方向駛去，我有點焦慮，在狹窄的空間裡翻了翻手上的地圖，一下子還是沒弄懂這班車的目的地在哪裡。不過當我再次抬頭，看見他還站在那裡的時候，一顆跳躍的心便安定下來。

不管是哪裡，待會兒等我叫住他，他應該不會不管我吧？

天已經全黑。楊皓在一個中途站下了車，我連忙跟著下車。本來想歡天喜地的叫住他——說不定他會覺得很驚喜很好玩——但我還沒來得及開口，他就急步轉進一條巷子裡。他的身影突然消失在我視線範圍內，我才突然意識到沒有他的話，我是徹底迷路了。附近有像是住宅又像是倉庫的樓房，剛才一同下車的幾個陌生人，都像被黑暗吞噬進去似的消失不見了。我覺得這裡像只有我一個人的異空間，好可怕，我急忙快步跟著剛才楊皓的路線走去。

巷子的盡頭還有他的身影，但一晃眼又不見了。他怎麼偏挑這種神祕的路線呢？

對了，剛才在車上他就一直是心事重重的樣子，來這裡是有什麼重要的事嗎？

我就那樣跟著他的背影拐過一個又一個的彎，開始有點暈頭轉向了，直至嗅到一陣海水的鹹香，才讓我驀地清醒過來，發現自己再次來到海邊——但不是剛才的海灘，是一個類似貨運碼頭的地方。我正想踏出去看清楚的時候，突然有人衝出來一把捉住了我的手。

我嚇得尖叫起來，那人連忙捂住了我的嘴巴，我嚇得眼睛也不敢張開，直至聽見一陣熟悉的聲音響起：「別怕，是我。」

我張開眼睛，原來是楊皓，我大大鬆了一口氣，他這才鬆開了手。

「還以為是誰一路跟著我，原來是妳。」他神色還是很凝重，但似乎沒有生氣。

「你把我嚇死了。」

「小聲點。」

「你上公車的時候我在對街看見你，便跟著你來了……」我聽話把聲音收得不能再小，不知道為什麼，我竟然喜歡這樣鬼鬼祟祟地跟他說話，覺得很刺激，他一定在隱瞞什麼。

「我只是有點好奇，你到這裡幹什麼？」

他笑了，是沒好氣的笑，也是縱容我的笑。他沒解釋什麼，只是說：「那麼好奇的話，跟我來吧。」

我跟他走出去，果然是一個裝卸貨物的碼頭，黑暗中分不清設備是老舊還是簡陋，反正看起來規模很小。楊皓給我指了指前面的陰暗處，原來那裡已經有另外五、六人在等。我們迎上前去，六個人都是美國人，跟我們年齡相若，可能都是大學生。一個男的問楊皓：「新加入的？」

楊皓簡短地答：「我的朋友，信得過的。」他們便沒有再為我的出現說什麼。

「那就行動吧！」

楊皓說，其他人點點頭，目光堅定而謹慎。我不知道他們準備做什麼，我一點心理準備都沒有就跟來了。

楊皓指著泊在對面的一艘船，用很流利的英語對我說：

「那船上面有走私到南美的海豹皮毛和肉，我們現在要把那些東西全部丟進海裡去。」

「呃？海豹？」我一時間不太確定。

「對，他們還專殺小海豹。」他解說得急速而精要，雖然說話的對象是我，但好像並不在乎我有沒有聽懂，這只是認同我是同伴的一種表態。

我想起最近看過小海豹被活剝皮的新聞，忽然覺得熱血沸騰，想為枉死的牠們做點事。

楊皓向其他人點點頭，彷彿是發號施令，他們便半彎著身子衝出了暗角，筆直地往泊在對面的一艘船跑去。

「你們這樣做，他們會報警嗎？我說那些走私者。」我問楊皓。

「他們自己也是犯法的，他們不敢。」楊皓很肯定地說。

「但……應該不是善男信女吧？他們就不會報復嗎？」

「當然會，他們比警察更糟，所以我們要小心，行動要快。」

楊皓也打算動身了，他對我說：「妳的好奇心已經滿足了吧！擔心的話現在回頭吧！」

回頭？我根本不知道怎樣回去了，我是鐵定了跟著他的了。他是太粗心大意沒想到我的處境，還是太專注眼前的任務了？

「我也一起參加吧！」我說，我一定是發神經了。

「不行。」

「喂，讓這位小姐在這裡把風吧！」

剛才那男同伴見我們在擾攘，回頭對楊皓說。

「她不懂的。」楊皓說。

「我懂的！」我大著膽子說。

他已經跑出去了，可能下一秒鐘就會被人發現，他有點猶豫地回頭看我。

「好吧！看見有人來，就大聲叫，懂嗎？」

我用力點頭，看著他們轉身向前跑，他們用很靈敏的動作，翻身上船，好像早就算準了目標物的位置，不久之後，笨重的東西掉進海水裡緩緩下沉的聲音便響徹了寧靜無聲的碼頭。

風很大，我冷得渾身發抖，但內心非常熾熱。

我只是個平凡的留學生啊！我為什麼要在這裡陪他們瘋？

我不知道做這種事情有什麼意義，不過只要楊皓知道就夠了！

不消幾分鐘，我看見遠處有很小的人影在晃動，那人影在不斷擴大。

被發現了，他們愈來愈近了。

「有人來了！有人來了！」我扯破嗓門大聲叫。

楊皓和其他人立即從甲板上跳下來，我起初以為要跟著跑在前頭的男生的方向逃跑，但隨即又發現大家逃跑的方向都不一樣，我一時間心慌意亂起來，楊皓拉起我的手。「跟我走。」我二話不說便跟著他沒命似地跑。

我們聽到追來的人的叱喝聲，那些人並不是說英語，我沒有聽懂。我以為已經逃不掉的時候，楊皓卻突然停了下來，轉進兩幢倉庫之間的狹路裡，他把我推向路邊一個鐵皮櫃後面，我瑟縮著身子，他也蹲了下來，用手臂死命圈住我的肩膀。追捕者在外面跑過的時候，我的頭雖然被他抱著，但眼角還是瞥見了槍。我可以感覺到，他的心也跳得很快很快。是他其實沒有我所想的那般胸有成竹，還是因為憂慮突然出現的我？

我想起小蓓說喜歡她男朋友胖胖的手臂，這刻圈住我的楊皓的手臂堅實而有力，但是卻很有安全感，好像溺水時可以抓住的木頭，我也死命抓住他，抓得他手臂上有幾道紅紅的抓痕，他也沒哼過一聲。

追捕者走遠了，他吁了口氣，稍微鬆開了我，但我們的身軀還是緊緊貼著彼此。

「沒事了。」他開口，我才敢說話。

「不是開玩笑的，我看見他們拿著槍，不是嗎？」

「是的。」他嚥了一下喉嚨，才對我說：「對不起。」

「為什麼說對不起？是我跟著你來的。」我勉強鎮靜情緒，努力擠出笑容。

「我們還是盡快離開這裡吧！」他站起來，伸出手扶我起來。

我跟著他繞過完全陌生的巷弄，呼吸和步伐仍然有點急亂，但卻不是因為害怕追來的人，而是因為剛才的擁抱。冷颼颼的晚風撲上來，我感到臉頰格外灼熱，渾身都在發燙。

「你不用等他們嗎？」我喘著氣問。

「不用集合，分散方向才容易逃掉，明天我們各自在網上報平安就行了。」

「你跟他們……」我試探著問：「是什麼組織的成員嗎？」

沒想到楊皓聽了噗嗤一笑，看見他笑了，雖然自覺是問了傻問題，但氣氛緩和不少。

「我不會加入任何組織的，我們只是自發行動，平時甚至說不上是朋友。」

「可是你們這麼合拍……」

「因為之前要做很多準備功夫啊。」他輕描淡寫地說：「要打聽、要計畫之類。」

「如果有環保組織出面不是比較有效嗎？你們也犯不著冒這個險……」

「任何組織都有他們的考慮，很多時候，他們更關注的是籌募經費和公關手段，我們不想做別人的棋子，我們的行動可以更直接、更快速，我們根本不在乎有沒有人知道我們所做的事，只要可以打擊這種殘酷的勾當，給他們添麻煩，讓他們永無安寧，我們會一而再再而三的犯險。」

他說這番話時表情認真得令我懼怕，也許是我的樣子像被嚇壞了，他露出體恤的笑容，放輕鬆起來，逗著我說：「沒事啦！這種事情總要有人來做啊！」

我苦笑了一下，忍不住又問：

「可是你就不怕父母擔心嗎？」

「父母？」

他好像聽到一個匪夷所思的名詞，笑容刷一聲消失了。然後他沉默起來，把兩手擠進夾克口袋裡，像要把某部分的自己收藏起來，我等著他開口，如果他不開口，我們的世界應該就此搭不上線。

轉進大街，終於看見公路了，也看見遠處的加油站，他才忽然說：

「我告訴妳吧，妳若是不想聽了，就直接跟我說。」

「你父母的事？好啊，快說，我怎會不想聽？」我很高興地笑了，他望著我的笑臉良久，然後深深呼了口氣，像釋放了什麼能量似的，也笑了起來。

「我爸很富有，我是他的私生子，我不知道我媽是誰，大概是把我生下就被爸爸用錢打發掉了，反正我十歲就被送到國外的寄宿學校讀書，離他愈遠愈好吧！即使放長假的時候，也絕對絕對不可以回香港去。」他說「絕對絕對」的時候，包圍著他的空氣彷彿也變得剛硬，我可以感覺到他有多難受。「如果不是四年前那件事，我跟他根本不會再見面……」

然後他大概說了那件事的始末——他爸爸的跨國家具集團業務發展龐大，一直標榜產品都是用合法木材製造。但一次機緣巧合被他發現根本不是那回事，算是跟爸爸嘔氣吧，他四處去搜集父親公司非法砍伐雨林的證據，又入侵網站偷看檔案，也親身飛到印尼雨林裡去搜集證據——那年他才不過是個十六歲的少年而已。最後他把搜集回來的資料匿名爆料給知名報社，給他父親帶來了很大的麻煩，他後來查出了是兒子做的好事，氣得跑來罵了他一頓。

我一直望著他，看著他的臉。他的臉帶點桀驁不馴的氣味，又帶點大概連他自己也不在意的哀愁。

「監察緊了，他公司後來便不得不停止那種勾當。我相信行動可以帶來改變。」楊皓很堅定地說。

「你爸爸很愛你啊。」我卻想著這件事。楊皓吃驚地望著我，停下了腳步。

「我知道你不會同意，不過我就是這麼想，至少聽起來是這樣啊。」

他怔怔地望著我好一會，然後還是緩緩搖搖頭。

「他愛不愛我這回事，我想也沒想過，我也不在乎。」

「你那樣做是不是為了激怒你爸？」

「呃？」

「因為只有惹怒他，他才會在意你這個兒子？」

他看著我，好像有點氣惱，但同時夾雜著受傷和感恩的表情。

「妳不認識我。」

他的語氣很冷，讓人不寒而慄，我忽然覺得很尷尬，我憑什麼說出如此武斷的話，而抹殺了他相信的理想？這下子我覺得他可能會丟下我不管了，心房瞬間揪緊，他再次邁開腳步，我急忙跟上去。

他指了指前方燈火通明的加油站，對我說：「我們在前面等，Gary 會開車來接我，記得 Gary 吧？妳生日那晚他也有來的，我的室友。」我點點頭，Gary 高高瘦瘦的，體格跟楊皓很像，但有一雙陰沉的眼睛，微笑總是缺些溫度。

我們這就站定在路邊，等不知何時開來的車子。

「或者妳是對的。」他忽然對我說。

「欸？」

我捉不牢他的思緒，一時間不理解他說什麼對，我還為剛才冒犯了他而後悔。

「很多事情我自己也不了解。」

我好像懂了，又好像不懂。

儘管他能夠那麼獨斷獨行，儘管他總是一副滿不在乎的表情，但莫名的，我能清楚看見他深心裡的恐懼，並不是害怕受傷，也不是害怕孤獨，他為自己的存在而感到恐懼。

「謝謝妳。」楊皓笑起來，眼睛特別好看。

「為什麼謝我？」

「我也不知道，或許是因為現在妳這樣陪著我走。」

我好開心，在原地來回踱著步，無法就那樣靜止地站在他身邊。

他卻用深邃的目光把我釘死。

「我還沒有問妳，妳為什麼跟著我？」

「我想我可能喜歡你吧！」

我說得輕描淡寫，已經不打算否認什麼。

怎可能不喜歡他呢？我無法相信有哪個女孩會不喜歡他，也不敢想像除他以外還有別的男生值得我喜歡。他就是這樣絕對的一個人。認識了他，我根本就沒有選擇，所以我沒有錯，也不應該害羞。

他沒有說什麼，只一直帶著淺淺的笑意望著我。我非常不自在，一下子向前踏兩步，一下子又向後踏兩步，心裡祈求他不要再這樣望著我。

「妳可不可以別動？」他拉住我的手，沒好氣地說。我好不容易站定，只低著頭傻乎乎地笑，現在我們面對面了，他手指突然托起了我的下巴，他彎下頭來，另一隻手攏著我的後頸，深深地吻了我。

我感到天旋地轉，盲目地回應著，他把我抱緊。我從來沒有試過跟男生接吻，更別說這種伸舌頭的接吻了，我覺得不可思議，完全不想停下來。我沒有理想要達成，也沒有信仰要恪守，但是，就算他不喜歡我，只要想吻我，便是我最大的幸福。

無意間，一輛灰色的車子已經停在我們旁邊。

逼不得已，我們只好分開，但楊皓仍然牽著我的手。

坐在駕駛座的 Gary，仍然用那個缺乏溫度的笑容望著我們。

噢，他是我們戀愛的第一個目擊者吧！

「上車吧！」Gary 只是平淡地說，竟然一點也不為剛剛看見的事情感到些微吃驚。

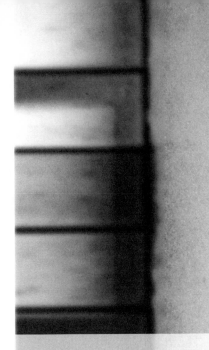

第三章　雪地上的腳印

他並不像我這類人，
他絕不願意承認自己沒有誰不行，
愛上這種人啊！
妳也別指望可以依賴他。

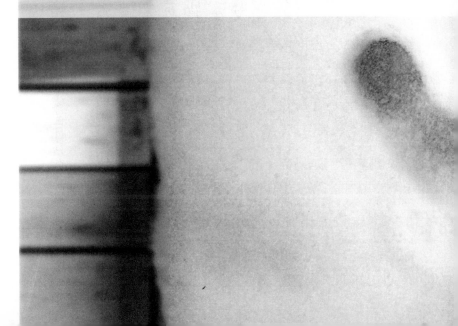

「那是什麼？」我站在楊皓房間的一角，看到「Be realistic, demand the impossible.」的橫額時，回頭問他。

正在書桌前低頭溫習的他，一次又一次被我好奇的詢問打斷，但他仍帶著微笑耐心地回答我：「是一九六八年法國學生運動的口號。」

「啊。」我覺得很高不可攀，別過臉沒再看它。自上次的吻之後，我已經來過這裡好幾次了，我很喜歡膩在他房間裡，Gary 雖然跟他同住一屋簷下，但他很識趣，從來沒打擾我們。如今無所事事陪他溫書，我閒得慌，便到處研究研究。但他的房間裡除了基本的家具——床、衣櫥、電腦、音響、書架之外，幾乎就沒別的東西。

「嗨，你有沒有把什麼珍藏品收起來？」我又問他。

「珍藏品？」

「如果是女生的房間，就會有洋娃娃或一些小擺設，如果是男生的房間，不是該有模型機器人之類的東西嗎？」

「我沒有這種東西。」他倒是答得理所當然。

「照片呢？我想看你童年時的樣子啊。」

「沒有的啦！都沒有人替我拍，只有每年的全班照吧？都丟了。」

「怎麼可能啊？一個人怎可能什麼收藏都沒有！」我鼓著腮說。

他只搖搖頭溫柔地笑著說：「只有生活安穩的人才會想到要珍藏品，想想看，如果逃難時根本不會想到要帶走的東西，那都不是真正需要的東西啊！它們在我家，在其他人手裡，還是在商店裡，都一樣吧！」

「說什麼逃難啊？你不是好端端的坐在這裡嗎？」我嘀嘀咕咕的說。

「可是我做了哪裡都待不長的準備啊。」他聳聳肩，重新低下頭去看書。

我看著他的側面，他瘦削的臉頰、耳後稍長的髮鬢、腮骨堅毅的輪廓線，都給我寂寥的感覺。霎時間我覺得他很遙不可及，同時又很可憐。我不清楚他什麼地方可憐，是因為他沒有珍藏的物品，就等於一無所有嗎？不是的，還是因為他在哪裡都得不到家的感覺嗎？反正我就是有這種情緒，或者這就是愛吧。也許其實只是出於我對自己的同情啊！因為我總是覺得沒有能力讓他再多愛我一點點。

總之就是覺得無力。

他卻忽然抬起頭來問我：「那紀晨妳呢？妳家裡有什麼珍藏？」

他放下了筆，擺出洗耳恭聽的表情。他是刻意逗我開心的。

「我家是開二手衣物店的你知道了吧？從小我就把漂亮的裙子私自藏起來，現在已經掛滿整整一個大衣櫥了！都是我很喜歡的碎花裙子啊。」

「可是我怎麼沒見過妳穿裙子呢？」他饒有興味的樣子。

「古著服穿起來有點奇怪吧！只是收藏而已。」

「別的裙子也可以哦，我想看看妳穿裙子的模樣。」他很直率地說。

我想起了自己錢包裡有幀照片，便連忙把錢包翻出來遞給他看。

「這是我在家裡拍的。」我在他旁邊的床沿坐下，腳纏住他的腳。「你瞧，這個角落好神奇的，拍出來的照片無論怎樣都很滿意。」

那是我穿著一條粉藍色的古著碎花裙子，站在衣櫥前拍的照片。姿勢很生硬，髮型也很土氣，而且沒有穿鞋子，不過我不介意給他看。

他很感興趣地定睛看了許久，笑意愈來愈濃。

「什麼時候拍的？」

「十三、四歲的時候吧？怎樣？好土吧？」

「很可愛呀。」他很真心地說：「妳讓我也想看看自己十三、四歲時的樣子。」

「都說嘛。」我推推他，忽然想到便問：「有一天你到香港，會來我家嗎？」

「雖然說是香港出生，也交了香港朋友，說廣東話，但這些年我都沒回去過。」

他有點唏噓。

「那裡好玩嗎？」

「我可以帶你四處逛逛呀！說實在的，我好想家喔。」我把腿縮上來，抱住自己的膝蓋，撒嬌起來：「可是如果回家了，我又會想你，暑假的時候一起回去好不好？」

「好，我也想看看紀晨長大的地方呢。」他摸摸我的頭說。

「嗨，跟我說實話……」我捉住他的手說：「上次那封情書，是不是你寫的？」

「什麼情書？」他一頭霧水。

「就是你們第一次來我間房胡鬧，那晚我收到的 E-mail 啊！」

「才不是啦！喜歡一個人，我才不會那麼轉彎抹角呢。」

「真的嗎？」我看他不像撒謊。「那是誰呢？真奇怪。」

「或者只是惡作劇吧！」

「你覺得除了你就不可能有別人喜歡我嗎？」我作勢捶打他。

這時候有人敲門。「進來吧。」楊皓說，進來的果然是 Gary。

Gary 望了我一眼，向我點了點頭，這就是他的打招呼方式，或者是因為打擾了我們顯得不好意思吧。「我開車出去超市一下。」

「有什麼要買嗎？不如我們出去吧！」楊皓轉頭問我：「剛才妳不是說想吃冰淇淋嗎？」

「對啊！好啊！出去吧！我待在這裡夠久了。」我興高采烈地跳起來。

離開楊皓家門的時候，外面居然下起雪來。

「天啊！我從沒見過雪的呢！」我呆站在大門外，伸出手去接飄下來的細雪。

「還以為今年不會下雪。」楊皓看著天空說：「全球暖化嘛。」

「紀晨是不是該多披一件外套比較好？」Gary 的聲音忽然在背後響起來。

「呀！對！我回房裡給妳拿。」楊皓這才醒覺，連忙跑回房裡去。

我跟 Gary 點點頭，他原來也是個細心的男生嘛。他只對我靦腆地一笑，轉身用遙控器打開了電視。

從超市回來，雪在地上已經淺淺地積了一層。我用力在雪地上留下自己的腳印，從來沒玩得那麼開心。

「再下一會兒，我們可以堆雪人。」我笑說。

楊皓笑著打開門，眼前出現了一個我沒見過的女生。

起初我以為那是 Gary 的女朋友，還等著誰來向我介紹，但很快我發現他們三個人面面相覷，氣氛比外面的氣溫還要冷。

楊皓臉上的笑容已經褪去了。

女孩站了起來，她穿著短裙，一雙腿又白又細，很漂亮。

「妳為什麼來了？」楊皓用英語問，那女生大概是個不會中文的美籍華人。

女孩一直盯著我，視線沒有移開。

我再白癡也大概懂得是怎麼回事了。

「你應該對我解釋一下。」女生冷冷地說。

我真希望自己懂得用這個腔調對楊皓說話。

那女生向我筆直地走過來，推了推我的肩頭，我往後跌了一步，被推出大門外。

楊皓抿了一下唇，低頭想了想，然後竟然用英語對我說：「我跟她說幾句，遲些我向妳解釋。」

我還一臉茫然，Gary 很快從裡面走出來，把門關上，把楊皓和那女孩留在屋內。

現在只有 Gary 和我兩個人被摒棄在門外了。

「是他的女朋友嗎？」寒風中我聲音顫抖。

「對不起，那是他高校時認識的女友，也是我好朋友，她來自別的州，在電話裡再三逼問我楊皓為什麼變得那麼冷淡，我沒辦法，只好實說了。」這大概是 Gary 對我最多話的一次了。

「你也幫他隱瞞得夠久了。」我說。

我聽到那女生激動的叫囂聲從屋裡傳出來，倒沒有聽到楊皓跟她說什麼。

我看著剛才來時我跟楊皓留在雪地裡的足印，突然覺得很可笑。

我早就該想到他有女朋友了，只是像我這麼土的人，才會長這麼大沒戀愛過的。

「你不必站在這裡陪我吹風。」我抽了抽鼻子，對 Gary 說。

「沒關係。」他笑笑。

然後門突然砰地一聲打開，剛才的女生哭著跑出來。剛才她好像還一副很凶很強勢的樣子，沒想到最後哭得這麼淒涼。

楊皓一臉無奈地走出來，倒是先跟 Gary 說：「對不起，可不可以麻煩你照顧 Elisa 一下？」

「嗯。」Gary 也沒多說什麼，就跟著女生追上去，很快便消失在轉角處。

直到這時候，我才懂得該轉身離開。

我為什麼要在這裡等呢？現在瞞著我的是他，不對的也是他，我早就應該拂袖而去了，我根本不在乎他的解釋！

我把剛才仔細留下的雪印都踏毀了，淚成串成串地落下來。

楊皓追上來，拉住了我：「紀晨，對不起，妳聽我說……」

我可以不停下來嗎？我又沒有車子，根本不知道可以跑哪裡去，我連學校宿舍在哪個方向都搞不懂，現在真想回香港的家裡窩在衣櫥裡什麼都不管就算了。

「我跟她分手了，我剛才跟她說了。」楊皓在我還沒找到發難的話語以前說了這話，我立即合上了嘴巴，也止住了眼淚。

「反正在認識妳以前，我就想跟她說分手了，只是不想她傷心，以為我們會慢慢淡下來，她自己就會走的……」他不知道還可以說什麼，末了只嘆了口氣，說：「對不起，這種事情我不擅長。」

「已經分手了？」我好像沒聽到他的話，還執著於這關鍵詞。

「是的。」他點點頭。

我緊緊摟住了他的脖子，這時候我才承認，我根本不懂得氣他。

「楊皓，我對你來說，是重要的人嗎？」我幽幽地問。

「我喜歡的是妳啊。」他小聲在我耳畔說。

「但稱不上重要，是嗎？即使失去我，也不會覺得特別痛苦、特別寂寞吧？」

「只是還沒有到那個階段而已。」他並不像我這類人，他絕不願意承認自己沒有誰不行，愛上這種人啊！妳也別指望可以依賴他。

「我希望成為你生命中不可以失去的人。」我天真地說。

「那就留在我身邊啊。」

我鬆開了他，點點頭，破涕為笑。

我以為自己會是被放棄的一個，沒想到他會為我跟女朋友分手，我已經很高興了，我再沒有其他要求，我不會怪他當初不坦白，只要一天他對我仍有感覺，我就讓火花盡情燃燒到最後，直至他對我再不感興趣為止。

「世界並不如我們所想的牢不可破，我們只是太習慣對一切感到無能為力！改變是可以達成的！不義是可以消除的！」站在學生群中央的楊皓，此刻正用嘹亮而堅定的聲線發表演說，響應他的號召而聚集在學校大禮堂入口處的學生們，此時齊聲應和起來。對於事情的起始我始終不是十分了解，當中包括太多複雜的政治和制度，不管楊皓揭發的是什麼，他要抗爭的是什麼，既然他有辦法吸引這麼多人的支持，不用說，他擁有的不止是證據和道理，還有做為領袖的魅力。總是在這些時候，尤其當我聽到其他人愛戴他的聲音、向他投出仰慕的目光時，我覺得跟他相距很遠很遠，我想為他感到驕傲，卻弄不懂自己在他是有著什麼身分——「女朋友」這名堂，在他的弘遠理想下顯得太微不足道了。其實我只是一個普通的女孩，喜歡一個人，想討他歡心，但我怎能把壯闊山河、和平大同送給他呢？我明白自己永遠無法做到。

我們其實已經被校園警衛隊包圍，但誰都說他們不敢做什麼。

「他們只是虛張聲勢而已，我們有集會的自由。」阿麥說，他來支援我們，但小蓓可不贊成，一次都沒來看過他。

「他下週才來大學發表演說，你撐不撐得住？」楊皓問躺在地上的 Gary。

他們這幾天在校園內收集支持者的簽名，預備交給下週來學校演說的參議員，以我對他不多的理解，這位參議員是一個保護環境不力，對踐踏人權的情況視若無睹，更有官商勾結之嫌的人物。Gary 跟另外兩個男生從三天前便開始絕食抗議了，楊皓帶頭跟幾十個學生一起靜坐，加入的人愈來愈多。

「我很好，我們不是收效了嗎？剛才有大報社的記者來過了。」Gary 說，他嘴唇發白。「你不用管我，去做別的事吧！」

楊皓點點頭，看了坐在 Gary 身邊的我一眼，對我說：「幫我照顧一下他。」

「嗯。」我點點頭，很高興有事可做。

楊皓走開了，我問 Gary：「要不要喝牛奶？」

Gary 深深凝望著我，我不知道他是太虛弱了還是什麼，總之他的表情令我很不自在。

「不了，謝謝妳。」

「水呢？」

「好，給我一點。」

我跑去拿水給他，把水瓶遞給他時，他捉住了我的手，把我嚇了一跳。

他望著我很久，然後只是用很小的力氣說了句：「謝謝妳支持我們。」

「什麼傻話？」我笑著，把手縮了回去。

其實誰也看得出，我的支持完全是盲目的吧？他這般感激我是沒有必要的。我根本不了解他們在爭取什麼，我只是跟許多人一樣，把楊皓當成是自己的信仰而已。

我走開了，在靜坐的人群中找了個不起眼的位置安靜地坐下來。

沒想到楊皓會走到我身邊坐下來。

「累不累？」我笑著問他。

「不累。」他好像有話對我說，但目光仍不放心地落在靜坐區的前排位置。

我想他牽著我的手，但我知道這不是看電影開派對，現在不是時候。

「對不起，今天是妳生日，卻要妳坐在這裡。」他忽然說。

「呃？我以為你忘記了！」我開心極了。「沒關係，這麼多人陪我不是更好嗎？」

「女孩子其實都是心口不一的吧？」他苦笑著說，然後從口袋裡掏出什麼來，遞給我，小聲說：「送妳的。」

那是個用小花朵織成的花圈，顏色粉嫩，鮮活的花朵還散發著濕潤的光澤，很漂亮，我接過後，愛不釋手。

「你編的啊？」

「嗯。」他帶點害羞地承認了，剛剛跟大家演說時，還是一副義正辭嚴的樣子呢！在我面前卻表露出這種撒嬌似的語氣，真可愛。「妳說妳喜歡碎花，我想了想，就做了這個，雖然我也不知道女孩子用不用得上……」他並不是不知道我喜歡什麼的，他知道我的平凡，但他仍然愛我，我很感動。

「怎麼用不上？」我搖搖手腕：「可以拿來當手環，也可以當髮圈啊！」

我們還在討論我的生日禮物時，校園警衛隊卻突然用擴音器發出最後警告：「如各位同學仍不疏散，我們接下來將採取一切措施，驅散擾亂校園秩序者，被捕者必定面臨紀律處分。」

楊皓站了起來，他面無懼色。他離開我走到前排去，跟警衛隊長交涉起來。可以預期的是，參議員來之前，我們是不會走的。

起初以為交涉成功，沒想到警衛出爾反爾，就在第二天清晨我們最疏於防範時，警衛隊突然用武力驅散我們這群手無寸鐵的學生。

「放手！別碰我！放手！」我大叫，幾個女警衛突然圍過來要抓住我，我眼看其他人已經相繼被捕了，還隱約看見像有電擊棒之類的東西晃動，完全沒預料到會發生這種事，忍不住怕得哭了起來。「楊皓！楊皓！」楊皓在哪裡？我失聲地哭叫起來。本來和平的集會，現在陷入一片混亂中。終於看見楊皓，他也看見了我，他正努力擺脫幾個警衛的糾纏。我正想向他呼叫，突然有人從後扯住了我的馬尾，我本來縛在頭上的花圈就這樣掉落在地上。雖然明知道這東西過幾天還是會枯萎的，但這樣被弄丟的話我不甘心，我明明還可以多保有它幾天的，可以多久就多久，就像我跟他戀愛的心情，明知不會長久，但我是死命不肯放手的。

我跑回去拾那個花圈，突然整個人被熊抱起來，這才發現是個男警衛從後把我抱到半空，要把我抬走。我又踢又叫，怎麼搞的啊？這樣是不對的，他們不該這樣對女孩子。警察轉了個身，我看見楊皓向我們的方向跑來。「放開她！放開她！」我好像聽見他這麼喊。在他不注意的時候，突然一根警棍從後擊在他的後腦勺——「楊皓！」我哭著大叫了一聲，楊皓在我眼前昏了過去。

「算了吧！你可以停手嗎？」我突然爆發，讓正在談論下一步行動的所有人嚇了一跳。

上次那件事發生後，楊皓現在的頭還裹著繃帶，我本來以為他該放棄了，沒想到他們還沒死心，反而說要趁上次的校園鎮壓事件爭取傳媒的注意，商議如何突圍接近那個即將親臨校園的參議員。

楊皓盯著我，久久不語，我也固執地不發一言。阿麥見狀，識趣地說：「我們不如先出去一下。」然後一行六、七個人便離開了咖啡店。

終於只剩下我們兩個了。

「你不覺得太擠了嗎？」我啞聲說。「我們身邊總有很多人，我快要呼吸不了。」

我抬頭逼視著楊皓，但他把視線落在玻璃窗外的大街上，仍舊抿著唇沒說話。

「你看 Gary 都向校方認錯了，不就沒事了嗎？」我說。

他這才望向我，冷冷地說：「每個人都有自己的考慮。」

「對現在的我們來說，把大學唸完不是最重要的事嗎？你為什麼這麼笨？這樣做根本一點也不值得！」

我這話似乎深深刺痛了他的神經，他定睛看著我，眉頭深鎖，像一頭受傷的小獸，野性不馴，只管血淋淋地掙扎著。

「妳覺得這樣做很笨？」他問我的語氣像給我最後一次機會。

「根本就是。」我不打算收回說過的話。

他悻悻然說：「對我來說，什麼值得什麼不值得，妳不會比我更了解。」

他不用動手，就可以把我從他身邊推開，而且還推得遠遠的，我深切感覺到。

「你的理想比愛情更重要嗎？比我更重要嗎？」我聲音沙啞。

「這就是我不想戀愛的原因。」他十指扣上，整個人向後靠了開去，他抿了一下沒有血色的嘴唇，說：「我無法阻止妳去比較什麼比什麼重要。」

「不想戀愛？」我反覆咀嚼著這句話，像個傻瓜一樣苦笑著問：「我從沒聽過你這樣說。」

他沒有打算釋除我的疑惑，身子重新靠回來，手握成拳頭邊敲在桌上邊說：「這一刻，我很喜歡妳，完全地真心真意。但同時，我希望我的人生可以有意義，就算我早知道最後會失敗，會失去其他重要的東西，有些事情我還是不會卻步的。我不會為了愛情卻步，不會為了任何人卻步，更不會為了自己卻步！」

我覺得很諷刺，便笑了起來。「這就是別人說的熱情？我是不是要等你的熱情燒完了，才可以真正得到你？」

「那到時我已經不是我了。」他只是說。

「我只是想要一段簡單的戀愛而已！」我用力地說出每一個字。

「那妳就不要再愛我吧。」

他竟然可以淡然說出這話，四周包圍著他的空氣彷彿變得堅硬冰涼。

他說他是愛我的，我不明白，為什麼我感覺到的卻是怨恨。

他的話傷透了我的心。

我站了起來，但願我可以忘了這個人。

我卻忍不住回頭問：「楊皓，你這輩子，有沒有後悔過？」

他用倔強的眼神望著我，反問道：「既然無法避免，我又如何後悔？」

啊！他真是一個不可能更奇怪的人了，一個人怎可能一時如此溫柔，一時如此暴烈呢？我因為沒有辦法理解他而生氣，也許他也因為我的不體諒而生氣吧！

那之後我好一段日子不再跟他見面，雖然沒有明明白白說分手，但他跟女朋友疏遠又不是沒有前科，對於這段初戀，從一開始，我就輸定了。像我這種平凡女子，如果不是存心膩著他，根本就不會有碰頭的機會的。我們是活在兩個世界的人——一起的時候沒有發覺，一旦分開，便清楚體會到了。

我們沒來得及堆雪人，也沒來得及實現任何承諾，暑假他也必定不會陪我回香港了。但是那些說過的話語並沒有因此而失去意義，反而成為我不肯片刻忘卻的執著。我總是想著他，每天想不知多少遍，多得要不其實他就活生生的在我身邊，要不就是我已經一頭鑽進自己的幻想世界裡去。我沒有喝酒，沒有狂吃東西，也沒有不吃東西，我希望以一如既往的心情活著，好讓我自己以為一切都沒有改變，他的離開並沒有打擊我，這並不是現實的一部分。

我的憤怒並沒有阻止他的行動。「參議員被雞蛋擲中了，校長氣炸了。」有一天我跟 Gary 在圖書館碰上了，他告訴我。「事情見了報，聽說有關機構開始調查他了，我們的努力總算沒有白費。」

我抱著書，只是禮貌地微笑，這一切的發展，我一點興趣也沒有。

「他們要楊皓道歉和保證不重犯，否則他可能會被趕出校啊。」

我這才緊張起來，說：「他一定不會道歉的。」

「就是。」

「你可以勸勸他嗎？」

「門兒也沒有。」Gary 聳聳肩無奈地說，他的世故某種程度上讓人安心。

「有空嗎？要不要去喝一杯？」他問我。

「好啊。」想起上次他陪我在大門外吹風，我便爽快答道。

為了聽到楊皓最新的情況，我漸漸三天兩頭就跟 Gary 去吃飯、喝酒。

「他有找過妳麼？」我們坐在吧檯前，Gary 續點了一杯琴酒和一杯雞尾酒之後問我。

「沒有，是我找他的。」我覺得自己很沒用，但還是控制不住打電話給他。

「我勸他道歉了事，哪知他說已經退學了，妳知道這件事吧？」

「嗯，我是替他惋惜的，但他本人一點也不在意呢！」Gary 的立場跟我一致，所以我可以盡情說出自己的意見，而不用怕他取笑我。「他說會加入一個在中國的觀察團？」

「對，他說他申請了許久，現在去正是時候。」我沒好氣地重複他的話。

「他是不是明天就走？」

「嗯，明晚的飛機，我見他已經收拾好行李了。」

「他說他會找我，但我不相信。」我灰心地說。

「妳最好不相信。」Gary 笑著說。

「連你也這麼說。」我無力地伏在吧檯上，雞尾酒來了，我只白了一眼也沒心情拿起來乾一杯。然後我坐直了身子，低呼著說：「我跟他不一樣，我不是個可以靠夢想過活的人，如果不能見面的話，我會寂寞得要死的！」

「跟我一起也可以啊。」

「呃？」我一時間不明白他的意思。「我們是朋友，不一樣的啊！」

「可以是一樣的。」Gary 突然握住我放在檯上的手。

「Gary，你醉啦！」我想縮手，但被他握得更緊。

「難道妳打算等他嗎？而我是那麼喜歡妳，一直都是的。」

我終於用力抽出了手，跳下了高腳椅。

「我回去了。」

「那封情書是我寫的。」Gary 忽然說，我停下了腳步。

「第一次在校園看見妳，我就喜歡妳了，千辛萬苦找到妳的學系，知道妳的名字、電子信箱，之後卻無意間跟著小蓓找到妳，本來以為很有希望，但妳正眼都沒看我一眼，妳的心被楊皓完全占據了！」

我太吃驚了，雙腳動也不能動。

現在回想，早就覺得 Gary 看我的眼神充滿曖昧的情感，但我一直沒放在心上。

「Elisa 是你故意找回來的？」我恍然大悟。

「妳應該知道他沒妳所想的那麼好。」

「你為什麼要這樣說？」我大叫，淚湧了出來。

Gary 突然抱住我，他想強吻我，我掙扎著，用力推開了他，讓他往後重重摔了一跤。

酒吧裡的其他人紛紛把目光投過來，我拎起背包，拔腿就跑。

這時候，楊皓到底在哪裡？他還在家裡，安心地收拾行裝，滿懷期望地等待著實踐理想的旅程嗎？

那一年，跟楊皓最後一次聯絡，是他離開後唯一給我打的那通電話。

「為什麼都不找我？」本來一直盤算著若他打來，我便把心中的抑鬱盡數宣洩出來，沒想到聽到他的聲音，自己卻變成撒嬌的語氣。

他說他人已經在中國了。這地方在香港時感覺那麼近，但現在我身在美國，忽爾覺得遙不可及。

「不可以這麼任性啊！我這裡不在城市，有時連電話也沒有。」

現在他沒有甜言蜜語，還教訓起我來了。

任性的真的是我嗎？

「Gary 最近常常找我。」我故意轉開話題。

「我託他照顧妳的。」

「啊？是嗎？」冒犯我的男人原來是我愛的男人的安排，沒比這更諷刺了。

「你真細心呢！」我忍不住加了句。他讓我變成愛挖苦、酸溜溜的女人了，我討厭這樣的自己。「那他有沒有告訴你他追我？」

這回楊皓沉默了下來。

我一點也不覺得光彩，想起他的強吻，我覺得很難受。

「沒想到吧？」但我卻故意刺激他的神經。

沒想到他很冷靜地說：「如果妳決定了要愛別人，我也沒話說。我不可以這麼自私。」

我都還沒說他那個好朋友怎樣對我，現在他卻說成是我心動了。

「你那樣說難道就不自私啊？」我的眼淚奪眶而出，掛上了電話。

我本來以為，這輩子已經再跟這個男人沒瓜葛。輾輾轉轉之後，我們卻來到永遠再不會見面的終點了——每想到這，便覺得想戀愛的心情真是一件麻煩事。

「妳這輩子，不會只有一個男人啊。」小蓓總是半揶揄半安慰我似的說。

「哪像我，想把他甩都甩不掉。」

「唷！妳這是在炫耀嗎？」我笑著說。

雖然我知道必定再遇上喜歡的男人，但我心裡認定，我不可能再愛得那麼深了。

原來我錯了——直至很久以後我才知道，的確有一個人，可以讓我有不再想念楊皓的時刻——那個人，就是施誠仁。

第四章　第一份禮物

他聲音很小很溫柔，
雖然是要喚醒我，
但我聽著卻不怎麼想醒過來。

「Jessie，把那件黑色蝙蝠袖毛線外套拿過來。」

這是施誠仁第一句對我說的話，但我卻不叫 Jessie。

大學畢業後，我毫不猶豫回到香港的老家，並在一間服裝外貿公司找到一份市場行銷工作，而施誠仁是我們的時裝設計師，雖然很年輕，在公司裡卻很受人尊敬的樣子。上班第四天，我對他所知道就這麼多而已，這天卻被派去攝影棚幫忙做來季新品目錄的拍攝工作。

這天是我第一次見到施誠仁，他長得很高很瘦，肩卻很寬，穿著簡單的灰色薄西裝外套、白襯衫、黑色菸管褲和皮靴子，是很俐落而帥氣的穿法；黑色的短髮，眉濃而直，皺著眉頭專注地看東西的時候，眼睛很有神采。雖然如此，最初我對他並沒有什麼好感，因為他一直只顧跟攝影師溝通，由始至終沒有正眼看過我一眼，雖然說我因為感冒而戴著口罩，但只要稍微看我一眼，總該認得出我不是剛離職的 Jessie 吧？我最討厭自恃有點才華就目中無人的傢伙，他不笑的時候，好像還有點凶。

「鞋子，鞋子拿過來一下。」遞上外套之後，他又說，仍然是低著頭打量著模特兒身上的配搭。

「鞋子？」我一頭霧水。「什麼款式？幾號？」

施誠仁沒有回答我，倒不知他是聽不到還是不屑回答，是攝影師好心對我說：「隨便一雙吧！鞋子拿最大的，便一定合穿了。」

「知道！」我說，連忙跑到衣物堆前搜索起來。眼前的衣物全都是當季的公司新品，當中也包括其他設計師的作品。

「順便給我一條圍巾。」施誠仁喊道。

圍巾？

我不知道他想要怎樣的圍巾，攝影師沒回頭看我，我得不到任何提示，便隨手抓了自己最喜歡的碎花圖案圍巾，跑過去遞給他。

沒想到他和攝影師看到圍巾，卻像看到什麼恐怖的東西似的，停止了交談，抬頭睜大眼睛看著我。

「不……對嗎？」我嚇得把手縮了回來。

「啊！對不起，原來妳不是Jessie！」施誠仁如夢初醒一樣，拍了拍自己的額頭，他很抱歉地對我微笑，讓我很意外。「我怎麼沒想起Jessie已經走了，對啦！妳是新來的吧？沒跟妳打招呼，很不好意思，我是施誠仁，叫我誠仁吧！妳呢？妳叫什麼名字？」

我想我一定是做了一件很笨的事，才會讓他忽然醒覺我的存在，不過他並沒有責備或嘲笑我的意思，而且還比我所想的友善百倍，他笑起來的時候，根本一點也不凶嘛！

「我叫文紀晨，請多多指教！」

「請妳拿一條素色的過來，黑灰白隨便一個色都可以，拜託了！」他說。

「誠仁的設計是不會有彩色的。」攝影師提醒我說。

「欸？為什麼？」我沒經腦子便問。

「沒有為什麼啊！這就是誠仁的個人風格吧！」

誠仁沒有解釋什麼，或者他覺得不需要對我這種閒人解釋吧？不過他一直用一種很體恤的微笑看著我。

之後我便沒事可做了，但是又不好意思早走，因為吃了感冒藥的緣故，我想睡得要命，我坐在一邊空等卻不能回家睡個好覺，只能努力撐著眼皮。徘徊在夢境邊緣的我，卻突然聽到有人溫柔地說：「是不是很睏？」

我立即清醒過來，原來是誠仁，他剛經過我身邊要拿東西。

「對不起，因為吃了藥……」我反射性地站了起來。

他好像給我的動作嚇了一跳，他說：「其實妳不用一直待在這裡的，以前的同事也會早走的。」

「不要緊，新人多學點東西。」

「啊，那好。」他沒再說什麼，拿起一個袋子便轉身回去繼續工作。

這天加班至很晚，終於可以離開的時候，已經是晚上十一時了。

「辛苦各位了！」誠仁對我們幾個留下來的同事說。「不如我開車送你們回家吧！」

「太好啦！」攝影師的女助手喊道。

「紀晨呢？」誠仁特別問我一個，或者因為我們還不太熟吧。

「當然好，麻煩你了。」我點點頭說。

原來我跟誠仁都住在北區，所以他按順路把其他人都送回家了，最後才到我的家。

在車廂裡聽著他們談公司的正經事、八卦事，也許因為我太睏了，也許只因為誠仁沒怎麼搭腔，我便提不起興趣，不知不覺我居然在車上睡著了。

「嗨！紀晨，妳到了！」

他聲音很小很溫柔，雖然是要喚醒我，但我聽著卻不怎麼想醒過來。

「紀晨？妳家是這裡嗎？紀晨？」

我滿不情願地睜開了眼睛，才驚覺自己不應該在別人車裡睡著的。

「啊！很對不起。」我連忙整理一下自己的儀容。

真是太失禮了。

「今天很累吧？」他還很體諒地說。

「沒事。」我望望車窗外面，已經回到老媽的二手衣店了。「我到了，謝謝你送我。」

他下車幫我開門，我很不好意思。

他回頭看看老媽的店鋪，若有所思地頓了一會，問我：「妳住這裡？」

「我住二樓，店樓上，跟老媽一起。」

「啊。」他點點頭，好像想說什麼，又猶豫著。

「有什麼事嗎？」

「沒什麼。」他只搖搖頭笑起來。「妳明天還是請假看醫生吧！感冒很嚴重似的。」

「剛上班就請假不是很好。」

「病了也沒辦法啊！我們誰都可以當妳的證人。」他開玩笑的說。

「我看看。」

「那我走了，拜拜！」

「拜拜！」

我們相識的第一天，由始至終他都沒有見過我口罩背後到底長什麼樣子。一整晚想著誠仁叫我請假的事，也許是給了自己懶惰的藉口，第二天果然病得更重了，雖說是無奈，但竟又帶著半點沾沾自喜的心情去看了醫生，我拿了病歷證明，決定休假一天。一直猜想我聽他的忠告請病假了，他會不會因此打電話來問候一下。最後他果然是沒有打來，我到底在想什麼？

吃過藥第二天我便精神多了，上班的時候，在公司樓下員工食堂買三明治外帶當早餐。「請給我一份蛋沙拉三明治和熱咖啡。」我對收銀員說，轉過身的時候，發現施誠仁正排在後面，他沒有上前買東西，只是怔怔地望著我，但又沒跟我打招呼。

我想了想，他大概是不認得我吧？因為上次我一直戴著口罩。

「早安！」我主動說。

「真的是妳？剛才聽到妳點東西的聲音，就想著是不是妳。」他笑笑說。我發現他眼睛和鼻頭也有點紅，果然，他接著便打了個噴嚏。

「看來我把感冒傳染給你了。」

「就是啊！」他無奈地聳聳肩說。

「可是當晚在同一個車廂裡其他人，都沒有被傳染啊！」他捧著他的早餐外帶跟我一起上樓去。

啊！為什麼只有他傳染到呢？是因為我跟他體質比較相近嗎？還是有別的聯繫呢？

正在胡思亂想的時候，他問我：「妳看來沒事了？」

「呀，嗯。」我如夢初醒，點點頭說：「真對不起，那你看了醫生沒有？」

「沒有。」他說，我們並肩步進電梯裡，電梯裡沒有別人，他替我按了二十一樓，他自己按了二十樓。

「是你叫我一定要看醫生的呢！」

「但我自己最討厭看醫生了。」他笑說，他這表情像個頑皮的孩子。

「如果是我傳染給你的，應該是同一種病菌吧！」我從提袋裡掏出藥包來，遞給他：「你吃吧！反正我已經康復了，這藥很厲害，我吃了兩次就全好了！」

「妳真的不要了嗎？」

「不要了。」

「那好，謝謝。」他很爽快地接過了。

我給誠仁的第一份禮物，是一包感冒藥。

我在心裡暗暗發笑。

我們看著顯示燈一層一層地上升，沉默了一會後，他忽然說：「如果前天我知道妳長這個樣子……」他若有所思的表情，忽然又變得很酷。

「欸？」我很緊張地站直了身子，我的樣子有什麼不妥嗎？

「我會告訴妳我們應該是見過面了。」

「是嗎？」

「好幾年前了，我有一堆衣服找二手店來回收，當時是妳上門來取的。」

不知道他為何事皺眉，不過似乎那不是多愉快的回憶。

「是嗎？有一年的暑假，我的確幫媽媽到處收過二手衣。」我努力回想，也想不起他當時的樣子來，只怪當年我還很任性，幫家裡忙不情不願，才沒把工作上遇到的人放在心上。

「可是你怎麼還會記得我呢？」

「那之後因為有點後悔，來過妳家的店幾次，想把衣服買回來，找了好久都沒找到一件，後來也不好意思再來了。」他又回復輕鬆的語氣說：「一開始妳會坐在櫃檯後面，後來已不見妳了。」

「我去美國唸書了。」

「啊，原來如此。」他只點點頭沒說什麼。

「是怎樣的二手衣？」倒是我感興趣起來。

「女生的。」

我睜大了眼睛，他怕我誤會他變態似的，笑著說：「我女朋友的。」

「噢？她買太多了？」我只想到這種事。

「不，她離開了我。」

他說來倒是輕描淡寫。不過他既然為找回衣服而特地來過好幾次，那女孩的離去，對他打擊一定不小吧！

我突然覺得他有點可憐，但又不敢再多問，他肯告訴我，我已經很高興了。

「如果你想再來，我可以幫你找啊，也有衣服好幾年都沒有賣出的，找到了就拿回去吧！」

他望著我，然後那笑容變得含糊，他的眼神很溫柔。

電梯門開了，他要先走了。

「好，改天。」他回答道，然後便步出電梯。

「記得吃藥。」我說。

他回頭，晃了晃藥包，表示記住了的意思。

慢慢我開始了解到，誠仁的設計，不論男女裝，永遠都是最經典最酷最簡約的黑白灰。我們不是什麼時裝品牌，公司設計部只是把設計賣給時裝公司，所以公司基本上不鼓勵設計師有太強烈的個人風格，然而誠仁卻可以是例外。而我部門的主管沈小姐，也是天天穿黑白灰，好像故意跟他呼應的樣子。沈小姐我想還不到三十歲，留著一頭直順的長髮，眼睛大大的，樣子怎麼說都是溫柔標緻的類型，可是說到當主管，她絕對是非常嚴格的。

「我給妳介紹小黃瓜酪梨面膜的做法吧！」這天我跟小蓓在食堂吃飯的時候，碰巧看見沈小姐跟誠仁一起進來買飯，我正分神，壓根兒不在意小蓓的面膜心得。

「嗨！妳知不知道……沈小姐跟施誠仁是不是一對？」我很討厭自己這麼多管閒事，但既然是小蓓，就無所謂吧！

畢業回港後好一陣子找不到工作，這份工作是後來小蓓介紹給我的，她在這裡的會計部工作，雖說不比我先進來多久，但憑她的性格很容易就跟公司上下所有人混熟，對於同事之間的關係更是瞭如指掌。

「欸？哪個沈小姐？」

「我的部門主管啊，長得很漂亮那位。」

「Cecelia 是吧？」

「嗯。」

「妳也以為他們是一對？」

她好像很樂意討論這個話題似的，或者因為讓她可以乘機炫耀一下對公司的了解吧？「大家都這麼覺得的，因為他們總是走得很近，也很相襯對吧？」

「是吧……」這個我不得不承認。他們買了外帶便離開了，誠仁並沒有看見坐在角落的我們，只是一直很留心地聽著 Cecelia 說話。

「事實卻是，Cecelia 是 David 的女朋友！」小蓓很凝重地說：「所以啊！我們知道後，都不敢亂說了。」

David 就是我們那位很年輕的老闆，David 雖然人不怎麼帥，不過很能幹，新公司在他管理下很快便成為業界不容忽視的勢力。

「什麼？我倒沒見過 Cecelia 跟 David 經常一起呢！」我很意外，也忽然很放心。

「那他們之間，就只是朋友啊？」

「嗯，聽說進這間公司之前兩人就已經認識的，大概像我跟妳一樣吧。」小蓓喝了一口冰蘋果綠茶，繼續吃她的天使麵。

「那妳還知道施誠仁什麼？」我藉機問。

「嗯。」她一邊咀嚼一邊思索起來。「只是聽說他本來不是唸服裝的，但因為跟老闆是好朋友，老闆賞識他，給他機會擔任設計師，哪知他愈做愈好，很多人都說他的成就該不止這樣啊！該加入時裝大品牌或建立個人品牌吧！但施誠仁聽說是為了人情而一直拒絕其他公司的挖角……」

我聽得津津有味，完全忘了吃飯，小蓓忽然推了我一把，大聲問：「怎麼啦？對他有興趣？」

「不是啦！不要亂說！」我連忙看了看四周，幸好沒有人聽到她的話。

「只是剛進來，想多了解一下人事關係而已，別搞錯啦！」

哪知小蓓不相信我，還笑吟吟的說：「沒關係啦！反正妳很久沒談戀愛啦！之前不是嘗試了好幾次嗎？都是約會幾次就無疾而終，我多害怕妳還掛念著楊皓……」

「別說他啦！」我正色道，聽到這名字就沒來由的一陣悲哀。「好啦！不說就不說。」小蓓像哄小孩一樣，把她餐盤上的甜點夾到我面前。「請妳吃，別生氣。」

「妳只是怕胖而已。」我白她一眼，還是笑了。

「妳站在這裡。」Cecelia 的話雖然簡短，語氣卻是讓人難以承受的嚴厲。

我被命令站在自己剛布置完的櫥窗前，模特兒人檯身上穿著誠仁設計的男女時裝，而地上則鋪著我從媽媽的二手店裡拿來的碎花裙子。

當初聽說公司參展，我也可以幫忙布置櫥窗，而且推廣的重點是誠仁的新設計，我實在是高興得昏了頭，竟然自作主張拿了自家的衣服到展場布置。

Cecelia 不知從哪裡把誠仁拉到我身旁，誠仁望了低著頭的我一眼，跟我微笑，彷彿沒有在意 Cecelia 的怒火，也沒有責難我的意思，不過，一定是因為他還沒抬頭看而已。

「你看她把這裡弄成什麼樣子！」

誠仁抬頭一看，隨之而來的沉默抽打著我的後腦，我做了被他罵的心理準備。

「很不錯啊！有什麼問題？」沒想到他反問 Cecelia。

「什麼？她這不是作弄你嗎？她該知道這不是你的風格！」

「這樣不是既搶眼，又可以突出我的風格嗎？我覺得這主意很不錯啊！」

我不敢看 Cecelia 了，她一定氣炸了，而我又不敢保證自己臉上沒有喜悅的神色。

「妳哪裡弄來那麼多漂亮的花裙子的？」誠仁倒是很感興趣的問我。

我以為他一定討厭這種花裙子，沒想到他很欣賞，還蹲下來仔細看，又伸手觸摸。

「我店裡找的……」這時候 Cecelia 已經氣得走開了，我看著她離去的背影，倒是誠仁像見怪不怪似的，也沒管她，我這才小聲說：「其實都是我自己的珍藏。」

「那真要謝謝妳。」誠仁重新站起來，吁了一口氣，滿意地說：「沒想到可以有這個效果呢！妳眼光很準嘛！大膽，但是一點也不過火。」

「雖然很喜歡，但我自己絕對不敢穿，花樣很漂亮，但款式過時了，穿到街上會有點怪。」他靜靜地聽我說，讓我覺得自己不那麼孩子氣。「但我覺得，讓模特兒人檯穿的話，一定會很好看。」

「紀晨不是個貪新厭舊的女生吧？」他突然莫名其妙地接了一句。

「我們這個行業，每個人都只懂得向前看啊。」他若有所思地說：「啊，其實不止我們這個行業，大部分人都是這樣吧。」

「不過不能說那樣不對……」我不太明白他的意思，只是謙恭地說。

「不過可能會錯過很多美好的東西吧。」

他說完，只輕輕一笑，就做了個道別的手勢，轉身回到展館的另一邊。我卻呆呆地佇立在原地，眼眶莫名地一陣溫熱，因為我想起了一個人。

如果當初楊皓不是只懂得向前看的話，我們現在會是怎樣的境況呢？

為什麼無論有沒有提到他的名字，我就是會想起他呢？

我真的不想這樣。

第五章　好運氣

最幸運的事情，
莫過於妳喜歡的人，
會主動向妳靠近。
愛情就是再盡心盡力也不能有什麼保證的東西，
唯一能指望的不是運氣是什麼？

「紀晨，過來一下！有人找妳！」樓面傳來媽響亮的叫聲。

「誰啊？」我正在店裡找配襯古著的外搭背心，準備幫媽媽拍照用的，因為剛才正在閣樓拍照，現在身上也穿著一襲特懷舊的短袖碎花洋裝，現在出去見人的話，不但看上去不像個現代人，還會很冷。

我不情不願地走到店門前一看，沒想到是誠仁，他穿得比上班時休閒，手上拿著一個公文袋，他看見了我，只是微笑著說了聲「嗨」，倒沒有被我的奇怪裝扮嚇著。

「呃！是你？」倒是我大吃一驚，今天是週日，沒想過會見到他。「你等我一下，我先換件衣服！」

說完又覺得自己不識大體，或者他有什麼要緊的公事找我，誰管我身上穿什麼呢？

我不自然地站在他面前，迎接他的目光，硬著頭皮問：「呀，你找我是不是有什麼事？」

「明天一早要到荷蘭去，之前趕不及回公司放下這份文件，我想起妳住得近，便看看可否把文件先放妳這裡，讓妳幫我拿回去交給 Cecelia，這樣可以嗎？」

「好啊！沒問題。」我很高興可以幫上忙，伸手把公文袋接過來。

「謝謝。」他只微微頷首，雙腳沒有移動的意思，他只往店裡面張望了一會，我想他特地來了，似乎不單是想把文件交給我而已，我在腦裡快速搜尋著任何可能讓他多留片刻的字眼。

「呀！」終於讓我想起了。「你是不是想來找找你女朋友的衣服？」

我開口的時候他正要退後一步，好像要說再見了，但聽到我這麼說，又好像覺得這主意很不錯。

「呀，是。」他說，雖然我突然提到離開他的女朋友，他倒沒有很傷感的樣子。

「你……有空麼？」我猶豫地問，不經意回頭看了一眼，做出邀請的表情，這一回頭才發現媽正眼冒精光地看著我們，我一直忘了她在背後。

「嗯，反正沒事，正好。」他說完已經踏進來了。

「朋友啊？」媽問。

「同事，我公司的設計師。」我介紹道。

「我姓施，打擾妳們了。」誠仁很有禮貌地遞上名片。

「不打擾，你看我們店一個客人都沒有。」媽說得眉飛色舞的，讓我很尷尬，不知道她在想什麼。「呀，你多照顧我家紀晨吧！她呆頭呆腦的。」

誠仁正想答話，我連忙領著他進裡面去，說：「不如上閣樓去看看？那裡衣服比較整齊。」

「好呀。」誠仁無所謂地說。

上樓梯前我隨手抓了旁邊衣架上的一件男用夾克穿上，雖然穿起來很臃腫，不過我身上這襲碎花裙子好像更招搖的樣子，他的設計一向只用黑白灰，我怕他看不順眼，把裙子遮住我比較安心。

他跟著我步上樓梯。

「那是妳媽吧？」

「嗯。」

「她今天好像很開心。」

「別管她，她剛用個好價錢收了一堆名牌服飾，所以才滿心歡喜而已。」我說。其實我當然知道媽在樂什麼，她以為我交到男朋友吧？

這時候他的視線停留在旁邊那面牆上，腳步也停了下來。

「那不都是妳嗎？」他很感興趣地問。

「別看啦！拜託！」我不好意思地拉住他。

牆上貼著密密麻麻的照片，都是我自十幾歲開始拍的，我會在媽媽的舊衣堆裡挑些好衣服自己搭配一下，偶然拍了照後張貼在這裡，沒想到客人看見照片都很喜歡，總是指定要找我身上穿的衣服，於是媽便要我每星期都挑幾套衣服穿上拍照——

「拍得很好嘛！有些照片還很舊呢！」誠仁卻像故意要跟我玩似的，看得更仔細了。「妳的樣子自小就跟古著很相配啊，像妳現在這樣穿也很好看。」

「沒有，長一張圓臉，笨死了。」我卻說。

他的讚美並沒有什麼意思的，只是他的職業病吧。

他盯著我的臉看。「哪有？」

我承受不了他的目光，別過臉去，再往上走了幾級，轉開話題說：「當年你讓我收回來的，都是怎樣的東西呢？」

他這才放棄了看照片，跟在我後面走上來了，他想了想說：「都是裙子、襯衫之類的，也有帽子和高跟鞋吧。」

「會是什麼名貴的東西嗎？如果是名牌，我媽全都記得，比電腦還準。」我笑著說。

「也許吧！不過那時候的我，還不太會分辨。」

「是啊！我聽說你以前不是做服裝設計的？」

「嗯，我以前替人畫插畫的。」

「噢！」我深呼吸了一口氣，驚歎道：「好厲害！」

他只笑笑，他已經踏上閣樓了，雖說是閣樓，但面積跟樓下差不多大，盡頭闢了一個小房間，房間裡有窗，我最喜歡待在那房間裡，我筆直地走過去，把房門也打開了。我攤開了手，說：「你可以隨便找找看呀！別著急，我反正閒著，這房間裡的衣服是最漂亮的，都是我的珍藏，所以保存得最好，如果有一件是她的，我會很高興自己這麼有眼光。」

「是妳的珍藏，我真的可以看嗎？」他很謹慎地問我。

「是啊！沒關係。」我欠身讓他進去。

「很厲害！」他一進去就好像被滿滿的衣櫃給嚇倒了，回頭對我說：「原來公司的衣帽間實在不算什麼。」

「不是什麼貴重的東西，只是我覺得喜歡就藏起來了，要是媽知道，她一定說賣個好價錢更實際！」

他回頭對我笑笑，很悠閒地翻看著每件衣服。

因為本身就對時裝很有研究，他站在女孩子的衣服之中一點也不覺得格格不入，但我還是怕他悶，嚷著說：「呀！那邊還有些男裝的。」

他看了那邊架子一眼，都是一些西裝外套、羊毛大衣、牛仔褲之類的東西。

「給男朋友的？」他問我。

「啊！不是！不是！」我連忙擺手說：「都是一樣，喜歡就留下了，沒別的意思，也沒有男朋友！」

也許我表現得太焦急，他笑了，弄明白之後，感覺到我和他都鬆了口氣。

他忽然想起了什麼，說：「是呢！上次的展覽不是還在進行嗎？我沒告訴妳，很多人看到妳布置的櫥窗，都問我們那些懷舊衣服賣不賣呢！」

「是嗎？」我覺得很不好意思，因為裝飾品不應該搶了他的設計的風頭。

「都說我的想法不行的，很對不起，會不會讓你不開心了？」

「怎麼會？只是每次有人來問的時候，我就想起妳來了——」被他這麼說，我的心怦怦跳——「我不禁猜想妳到底還收藏了什麼好東西呢。」

「他們竟不介意那些衣服是舊的？也想買回家嗎？」

「嗯，一點也不介意哦。」

「我好開心呢。」

也許是因為他不責怪我，而且得到肯定吧。想起 Cecelia 罵我時的語氣，我現在還猶有餘悸呢！我臉皮真的太薄了。想著想著，熱淚逼進了眼眶，我無法制止鼻頭紅了起來。

他很敏感，立即便察覺到了。「妳還好吧？」他迎上來問我，本來正要收起的眼淚立即掉了下來。當人對我特別溫柔的時候，我就會莫名其妙地容易被打動，這是因為感動所以才流淚，其實並沒有看上去那麼悽慘。

「沒事，我只是眼淺，你不用給嚇慌了。」我連忙抹掉眼淚，綻開笑容給他看。

「沒想到這麼一句就把妳弄哭了。」

「因為唸完書回到香港，好一會兒找不到工作，找到了，又一直覺得自己做得不好……」我說不下去，並不是抱怨，我只是不想辜負別人的期望。

「怎麼啦？妳不是做得很好嗎？」

「這樣說的只有你一個而已。」我雖然笑著，但嘴唇卻猛顫，一直想往下彎，有什麼好哭呢？二十幾歲啦！還這麼多愁善感不是笑死人嗎？可是他仍然很用心地望著我，讓我情緒亂得一塌糊塗，淨說著滿口傻話。「尤其是這些舊衣服啊！媽媽說都是垃圾，她只當是一門沒錢賺的生意而已，但我不這麼想的，它們真的好可憐啊！明明都是很好的東西啊！為什麼啊？說不喜歡就不喜歡了，人怎可以這麼薄情呢？它們也曾讓一個女孩覺得自己美麗過吧……」

「像舊情人一樣啊？」他腦筋轉了一下似的，機靈地逗我笑。

「嗯，像舊情人一樣。」我笑了。

他想伸手進外衣口袋裡找紙巾，但是沒有找著。

我傻傻地笑著，忙亂地拭乾臉上的淚。「對不起，我很笨。」

「我希望自己可以像妳這麼易哭。」他微笑著說，一點也不像嘲諷，然後他別過臉去，用側臉面向我，他像自言自語的說：「我為什麼沒有辦法想起來呢？」

他停下了動作，事實上，剛剛他似乎並沒有特別用心找，他真正費煞思量去找尋的，原來是腦裡的記憶吧？

他幽幽地說：「我以為自己記得每樣細節，好像不是多久以前的事。」

「多久了？」我小聲問。

「五年了吧。」

我鼓起氣勇氣問他：「那之後，她真的……沒有再回來？」

「她不會再回來了。」

他淡然拋下一句，忽然指著一襲掛在衣櫥裡的裙子說：「我見過這種衣服，英格麗・褒曼在《北非諜影》裡不是穿過類似的嗎？」

「嗯，你喜歡那片子？」

「我家裡很多黑白電影。」他笑笑說。

「你總是那麼喜歡黑白嗎？不會覺得很灰暗嗎？有色彩不好嗎？」說得興起，我乾脆問他了。

「也不是特別喜歡，不過，好像只能這樣了。」他若有所思地說。

只能這樣？我不太明白他的意思。

「她肺癌。」

我終於意識到雖然話題轉開了，但他前女友的事其實始終縈繞在他腦裡。

「她不抽菸，身邊也沒有人抽菸，才那麼年輕，莫名其妙。知道的時候已經末期，她笑著叫我替她拍遺照。」

「什麼？」我一時間沒法給反應。

「黑白、大頭照那種。」他還舉起手比劃起大小來，真難為他做得到。

「太殘忍了吧。」

「結果拍完之後，我就沒法再想像別的顏色。」他說完雙手插進褲袋裡，他已經不打算再找什麼了。

「看黑白電影時，所有事情都像發生在很遙遠的時空對吧？無論開心不開心，一眼看上去就知道不是現實，不是真的。」

「對不起。」我只能說。

「為什麼？」

「我讓你想起不開心的事。」

他承受這麼大的傷痛卻可以從容面對，而我居然為了一點點情緒波動就哭了起來，是太任性了。

「才沒有啊。」他很認真地說：「而且我原來比自己所想的早放下她了吧，不來過是不會了解到的。謝謝妳。」

「我什麼都沒做到。」

「妳總是這麼謙虛嗎？」

我看著他的笑臉，覺得他的心情並沒有看起來那麼輕鬆。

尤其當站在色彩強烈的衣物堆中，他整個人像被釘死的影子一樣，所承受的痛苦是沒有辦法說出來的。

他忽然提議道：「紀晨，我聽說過一間六〇年代風的餐廳，我回來那晚不如一起去吃飯？」

「好哇！」我毫不猶豫地應道。

最幸運的事情，莫過於你喜歡的人，會主動向你靠近。愛情就是再盡心盡力也不能有什麼保證的東西，唯一能指望的不是運氣是什麼？我許久沒有覺得自己這麼幸運過了，不管跟誠仁會變成怎樣，我已經決定要喜歡他了。

「明天一早上廣州去，先到機場接義大利來的客人，然後再帶他們到廠裡去參觀，妳做得來嗎？」

Cecelia 把我喚進她房裡，雖然表面上像是諮詢我的意見，不過實際上是一個吩咐，沒有讓我推辭的餘地。

「但是……」我想到明晚誠仁就會回香港了，他說過約我吃晚飯，如果我要出差，就不可能跟他吃飯了。

「有什麼事嗎？」Cecelia 抬起頭來，對我沒有立即應允感到很訝異似的。

「也不是……」

大概誠仁也不是說認真的，我根本無需因為錯過跟他的約會而失望。

「還會有誰呢？」

「市場部的 Martin 也會一起去。」

我吁了一口氣，雖然跟那位同事不相熟，不過總比自己一人去好多了。

「沒問題，明早幾點飛機？」我抖擻起來說。

可是這天出發前，Martin 卻打電話給我，說生病了，沒法陪我同行。

「現在不是去郊遊啊！妳一個人上去不行嗎？幹麼撒嬌？」我打給 Cecelia 說明情況時，她卻毫不留情地說。

我並不是撒嬌，只是那兩位客人一向是 Martin 負責的，我對情況完全是一知半解，不過既然她這麼說，我只好一個人把責任扛下來了。

從義大利來的客人有兩位，另外一位隨行的是他們的代理，三個都是年過五十的男人。其中一位非常奇怪，在機場接他時，第一次見面禮應握握手，但他卻張開雙臂摟著我，親親臉頰也可以理解，但他竟然想跟我親嘴，幸而我及時把臉轉了開去。

放洋唸書的時候，我好歹也結識過不少無論思想或行為也很開放的人，但還沒聽說過有誰會跟素未謀面的人用親嘴的方式打招呼的。

坐在公司安排的車上，明明空間很寬敞，但他硬要跟我擠在一起，我拿出文件向他講解時，他又不時掐我的手臂。我覺得愈來愈不對勁，下車之後我甚至已經很正色地對他說：「請放莊重一點！」哪知他卻還嘻皮笑臉地回應了一句：

「那不是包括在妳的薪水裡嗎？」

雖然很生氣，但又懷疑自己是不是神經過敏，因為只有自己一個人，而且公司把這單生意看得很重，我不敢真的得罪客人，或者是我並不了解公司的文化，我是不是應該忍耐呢？

好不容易捱到晚飯後，我終於可以回員工宿舍休息了，心情已經不能再糟，這時有人打電話來，沒想到是誠仁。

「紀晨，我剛下機呢！妳下班了沒有？是不是到我說的餐廳吃飯？」他好像心情很好，他對我的境況一無所知，我有口難言，心情加倍晦暗。

「我現在在廣州呢……」我小聲說。

「廣州？為什麼？」

「Cecelia 叫我上來接待義大利來的客人……」我很歉意地說：「對不起，不能和你吃飯了。」

他沉默了一會，可以聽到香港機場離境大廳的廣播，他真的甫下機，還沒出閘口，就打電話給我了。

「還有哪個同事跟妳一起？」他的語氣突然變得很凝重。

「沒有呀，Martin 本來說來，但臨時來不了……」

「怎麼搞的？只有妳一個嗎？」

我不知道他為什麼忽然這麼生氣，我從來沒見過誠仁動氣的。

我不知道自己是不是做錯了什麼，他罵的是不是我？我屏住了呼吸一下子不敢作聲。

「紀晨？」他語氣再次放溫柔了。

「是。」

「有沒有什麼不對勁的地方？」

他這麼問，似乎他是聽說過一些事情吧？

難道不是我太敏感而已？

「也沒什麼，只是客人有點熱情吧……」我乾巴巴地笑著。

「真過分，妳不用說我都猜到了。」他頓了頓，然後說：「這麼晚了，公司應該安排不了車子了，我來接妳走吧！」

「什麼？」我被他這建議嚇了一跳。

誠仁駕著黑色的 Mazda 來到的時候，已經是深夜一時了。

可以看見誠仁的身影，我鬆了一口氣，我杵在路邊等了他許久，不擔心自己，反而是怕他來得太匆忙會出事。

「對不起，因為沒有拿證件，來晚了。」他打開車門，說：「上車吧。」

雖然已經聽話整理好行李，但我還是十分猶豫。

「這樣一走了之會不會不太好？全廠上下沒有一個人會說英語，如果明早客人發現我跑了，他們會很徬徨的……」

「那不是他們活該嗎？」他二話不說接過了我的行李袋，把行李袋放在後座，我坐到他旁邊，但還是沒有關上車門。

「可是得罪了客人的話，老闆會很生氣的，或者明天會好一點？」

「妳別指望了，這種事情不是忍過去就算的，有誰責怪妳的話，我去跟他說。」

說完他便按鈕把我這邊的車門也關上了。

「現在妳先回家睡個好覺，明天的事情我會應付。」他說完，沒有半分猶豫地踏下了油門。

「文紀晨，妳進來一下。」電話裡傳來老闆的聲音。

「好的。」

一大早我在辦公室裡便如坐針氈，Cecelia 回來看見我居然坐在自己的位子上，正想過來問我什麼回事，卻被誠仁拉著進老闆的房間裡去。誠仁臨進去前還不忘轉身向我點點頭，彷彿叫我不要怕。然後沒多久，老闆便叫我進去了。

我進去的時候，老闆坐在自己的位子上，誠仁和 Cecelia 都站在桌前。我這種低階員工，從來沒有跟這三個人一起開過會的。

「妳怎麼會派紀晨上去的？妳明知她什麼也不懂，這單子本來又不是她負責的！」誠仁正激動地說著，他聽到門開了，回頭望向我，我卻反而不敢看他，我誰也不敢望，只望著地下說：「打擾了。」

「你為了她罵我？」沒想到門還沒全關上，Cecelia 便用手指頭直指向我，聲音顫抖地大叫。

「Cecelia……」老闆想安撫她，但她沒理會老闆，只直望著誠仁，誠仁抿著唇跟她對視著。

「上次發生這種事你都沒那麼緊張的！」Cecelia 又說。

原來這種事已經發生過啦？

「妳明知道這種事已不是第一次了，妳怎可以還讓她一個人上去？因為其他女同事都不肯，妳就欺負她新來，不知情，又不敢拒絕嗎？」誠仁這次很平靜地說。

「你……」

我從來沒見過 Cecelia 說不上話來的模樣，她眼眶還閃著淚光。

這根本不是老闆面前的意氣之爭嘛，她根本當老闆不存在，她傷心的時候，眼角流露了柔情。

「算了吧！現在紀晨不是好端端站在這裡嗎？」老闆好言相勸，他對誠仁說：「再說，這個義大利客特別欣賞你的設計。」

「我才不稀罕這樣的客人。」誠仁說。

雖然聽說過誠仁跟老闆是好朋友，沒想到誠仁還可以這樣跟老闆說話，而老闆聽了，只能嘆口氣，半句也沒罵他。

Cecelia不打算再說下去似的，她轉身，筆直地往我這邊走來，她氣沖沖的白了我一眼，我給懾住了，本想開口道個歉之類的，但由始至終半句話也說不出來。她一手推開了我，打開門，再見也沒說便走了出去。

第六章　一直戀愛下去

在他的注視下離去，
我相信連我的背影也可以告訴他我有多快樂。

「嗨！要喝嗎？」

我把咖啡遞上去，誠仁這才抬起頭來，發現了我。

「謝謝。」

他笑起來，放下筆，把咖啡接過去。

睡不夠的早晨，我習慣買咖啡和鬆餅回公司當早餐，剛才在咖啡店隔著落地玻璃窗往外一望，看見誠仁正一個人坐在噴水池旁邊，低著頭默默搖著筆桿。

「鬆餅不要了，請多給我一杯外帶咖啡。」我對店員說。

握著兩杯咖啡，我來到誠仁身邊。原來他在畫畫，是用６Ｂ超黑鉛筆畫的素描畫，線條很粗很有勁度，畫的都是人，他很專心，我不開口他還不知道有人站在身旁。

「我才該謝謝你。」我由衷地說。

「為什麼？」

我無法啟齒，因為謝他為我出頭的話，好像太老套了，但我真的覺得感激不盡。

他恍然大悟，然後笑笑說：「那是任何人都應該做的。」

「但不是任何人都真的會那樣做。」

「妳可以再強勢一點，決絕一點，別讓自己吃虧才是。」

他淡淡地說著，打開咖啡杯蓋，空氣裡立即散開一陣溫熱強烈的咖啡香。

「嗯。」我點點頭，我總是希望自己做得到，我忍不住指了指他手中的畫簿問：「好漂亮，我可以看嗎？」

「當然。」他很爽快地把畫簿遞給我。

我下意識地撥了撥頭髮，在他身旁坐了下來。

雖然是離週末遙遙無期的星期三早晨，但可以跟他並肩坐在噴水池旁聊天，突然間一切都變得不絕望了。

他畫的人有男有女，都是路過的人，背景用色很淡，似有還無，相映起來人的存在感很強，雖然臉容模糊，但肢體動作和衣服的細節都畫得很精細，身形比例很準確，雖然是黑白素描，但感覺鮮活無比。翻到前面，一眼便認出畫的對象不是本地人，背景雖然簡單，但很歐風。

「這是哪裡？」我問。

「呀，在倫敦出差時在路邊畫的。」

「你好像畫得很隨意，成品卻這麼漂亮。」我抬頭望著他笑說。

「我喜歡看人。人很好看，不是嗎？」

我望望身邊匆忙走過的上班族。「怎麼看，真實的人還是不比你畫出來的人好看啊！」

他笑了。「偶然在路邊坐坐，會有很多靈感。」

「為什麼不用照相機拍下來？」

「拍下來不好，會影響到別人啊。」他總是這麼體貼。「況且我不是要抄襲啊！通過雙手用筆畫出來的時候，會有別的新的東西流出來。」

我定睛地望著他，背後淙淙的水聲以規律的節奏一下一下地沖刷著石台階。

「說到新的東西，」他忽然說：「我最近好像開始留意起穿花裙子的女生來了，可能是因為妳吧！」

他這麼說我有點難為情起來，我說：「那麼要準備色鉛筆啊！當彩色的靈感流過的時候，要緊緊抓住哦！」

他點點頭，感慨良多地說：「我不知道自己做不做得到呢。」

「怎會做不到啊？你又不像我……」

我小聲說，把畫簿還給他，放在他膝蓋上。

然後我把目光放到別處，靜靜喝著咖啡。

很苦，忘了放糖了。盯著紙杯裡棕黑色的液體，我鼓起勇氣問他：「你說啊！Cecelia 是不是不喜歡我呢？」

「沈怡？怎麼會？」我還是頭一次聽見有人喚她的中文名。他答得很確定，像是十分了解她。「她只是公事公辦而已。」

「但她讓我覺得自己什麼事情都做不好。」我嘆了口氣說：「說實在的，有點怕她，但心底裡又想跟她學習。」

誠仁對我的訴苦並沒有敷衍過去就算，他很認真地思索了一會，才說：「其實每個人都有自己的難處吧！雖然她看來很能幹，但她也會有困惱的時候的，只是不會說出來吧！」

誠仁就是有這種力量，他幾句溫柔的安慰話語，就能溫暖我的心。

我那樣抱怨而忽視別人的辛勞，實在是太自我中心了。

「她也會跟誠仁傾訴嗎？」我笑著問。

「偶爾吧。」

我挪動了一下身子，正對著他問：「她真的跟老闆是一對嗎？」

「是啊！」誠仁對我這麼好奇感到有點意外似的，但很樂意陪我八卦。

「他們也滿合襯的吧！」

說這話時，他臉上沒有一點不是滋味的神色。

「才不呢！如果說合襯，我會以為你們才是一對呢！」

他聽了很錯愕的樣子，但隨即笑了開來。

「妳為什麼會這麼想？」

「上次你維護我的事，她不是好像很傷心的樣子嗎？」我見他沒事兒地笑了才敢說。

「那是因為我們是好朋友，她知道她可以罵我。我們認識很久了，她跟我前女友是很好的朋友。」他說時轉開了臉，沒好氣地笑起來。

「總之我跟她是沒可能的。」

「是嗎？」我覺得自己這麼問像個不經事的丫頭。

「沒想到妳會問我這個問題。」他把臉轉回來，笑完了，突然又變得好認真。

「呃？」

「我以為妳知道我喜歡的是妳呢。」

我愣了一下，直望著他的眼睛，和他帶笑的嘴角，完全不懂得反應。

然後他的笑容收了起來，臉容變得有點悽楚了，我倒是在這時候才笑了出來。

他怎麼可能這麼自然流暢地說出這句話呢？

「我多害怕妳不笑啊！」他鬆了口氣地笑了。

「你那麼說會害我很緊張嘛。」我把咖啡杯放在石階上，然後雙手又不知道放哪裡好，便索性站了起來，我走開了才兩步，伸直了手深呼吸一下。「心都要跳出來了。」我乾脆就說了，他一直望著我甜絲絲地笑著。我又踱回來，像個原地轉的傻瓜。我根本不想走，我還想聽他說下去，於是從他膝上再次把剛才已經看完的畫簿搶過來。「我想再看一下。」我說，便重新坐在他身旁，漫無目的地再次翻看起來。

「其實……」

他要開口了，我覺得呼吸困難。

「真的許久沒有像昨天那麼生氣了，很早以前，我就對很多事情都沒有感覺了，可是，這次沒有辦法不緊張嘛！因為被欺侮的不是別人，而是紀晨啊。」

我仍舊低著頭看他的素描，忽然很想哭，但眼淚掉出來的話，會糊了他的畫，所以絕對、絕對要忍耐住。

「如果紀晨是我的女朋友的話，我就不止這樣了哦。」

我毅然把畫簿合上，正對著他問：「你真的那麼喜歡我嗎？」

「嗯。」他想也不想便點點頭，我從沒發覺原來他的樣子也可以有幾分孩子氣。

「不會突然跑掉嗎？」我沒頭沒腦地問。

「怎麼會呢？」他靠過來了一點。

「你會讓我去了解你嗎？」

「很想。」

「我可以讓你快樂嗎？」

「嗯，只有妳可以。」

我不問他能不能承諾給我快樂，我是懷疑我可以為他做什麼。如果我無法讓他快樂，他終於還是會走的。

跟楊皓一樣。

「我真的可以當誠仁的女朋友嗎？」

說到後來，我的淚湧了出來。

誠仁很快地垂下頭來，在我唇上輕輕地吻一下，然後他的臉沒有退開。

「拜託不要再問了，妳要什麼都可以，妳什麼都做得到。」

「你這個傻瓜，你怎麼可以在這裡吻我呢？」我又哭又笑，我才像傻瓜。
「為什麼不可以？」
「因為這裡是公司附近呀。」
「我已經忘了。」
看著誠仁直率的表情，我啼笑皆非。
這時候我的手機卻響了起來。
「等一下。」我居然接了這煞風景的電話，誠仁並沒有覺得無奈，只微笑地望著我。
很不巧，電話是 Cecelia 打來的，她要我立即回公司去。
「Cecelia 問我跑哪裡去了？」我掛上電話，便立即站起來，一副要動身的姿態。
「所以，我要走了。」
「現在嗎？」
「嗯。」我怎可能現在走開呢？在誠仁吻了我之後，我應該什麼都做不了。我後悔剛才沒說自己趕不及回來，或者索性請病假，總之隨便編個謊言就好了！為什麼一聽到 Cecelia 的聲音就這麼膽怯呢？

我呼了口氣，說：「我不懂得拒絕別人，已經答應她了。」

「那好吧。」他也站了起來，依依不捨地望著我。「我想送妳回去，可惜待會兒約了客人在附近的咖啡座見面……」

「沒事，你不用送我。」

我揮揮手，不知怎地又表現得很客套。

「我走了，拜拜。」

我回過幾次頭，誠仁穿著毛衣、高大瘦長的背影仍然一動不動地停留在那裡，在他的注視下離去，我相信就算是背影也可以告訴他，我有多快樂。

一直覺得今早發生的事情不可能是真的。

這天工作上一如既往犯了些大大小小的錯，但我一點兒也不覺得沮喪。

誠仁說他喜歡我，誠仁吻了我。他的嘴唇的觸感是多麼美好。

一直忙得團團轉，根本沒機會到誠仁的部門跟他碰碰面。午飯的時候藉故到他的房間外面流連，但是他過了午飯時間仍然沒有回來，也許是跟客人吃飯去了吧！

到了傍晚，我內心的熱度已經減卻了下來，今早發生的事情已經感覺很不真實了。我甚至害怕會碰到誠仁，害怕他對我突然變得冷淡——雖然他根本從沒對我冷淡過——我匆忙離開公司，經過早上我們接吻的那座噴水池，我一眼都不敢看。

「走得這麼快啊？我找過妳了。」

接到誠仁電話的時候，我剛回到家，洗了個澡，頭髮還是濕漉漉的，渾身都散發著水的味道。

他語氣裡笑意未改，我是應該等他的嗎？

「是嗎？」我還是莫名的緊張。「對不起，有什麼事嗎？」

誠仁頓了頓，問：

「今天說的還算數嗎？」

他是指跟我交往的事吧？我腦子裡到底在想什麼呢？誠仁不是個不認真的傢伙，我竟然不相信他！

「當然了！怎會不算數呢。」我終於放鬆心情笑了起來。

「因為妳說話的語氣仍然很客套啊！我在想妳可能只是不好意思說不。妳自己說，妳不懂得拒絕別人。」

「這種話怎會是亂說的呢。」我重複了一遍：「是真的哦。」

「我只是覺得好像沒什麼把握，所以想確定一下。」

他這樣說很傻。

「我可以來見妳嗎？」他問。

「嗯，好。」突然我很想見到他。

「我其實已經在妳家樓下了。」

他這麼說嚇了我一跳，我連忙跑到窗前，他果然在樓下等著。

「你不早說。」我說。「等我一下。」

披上薄風衣，踏一雙帆布鞋，我素著一張臉就跑下去了。因為不想讓媽看見問長問短，我走了不經過店面的另一條樓梯。樓梯咯吱咯吱的響，我心跳個不停。

誠仁是我這輩子遇過最好的男人——跑到街上，看到他在等待的背影時，瞬間我便敢這樣肯定了。我向他跑過去，他聽到腳步聲，轉過身來，我剛好撲進他懷裡。

「現在我比較有把握了。」

他笑著說，緊緊抱著我，也不介意我穿得隨便，頭髮還滴滴答答的淌著水。

誠仁的毛衣質感很柔軟，而且有香甜的味道。

「誠仁，我有說過我喜歡你嗎？」我小聲問他。

「沒有哦。」

「是嗎？我以為我已經說過很多很多遍了。」

街道很靜，泊在路邊的汽車，好像永遠也不會再開動的樣子。耳朵聽見的，只有我們身上衣服擠壓時窸窸窣窣的摩擦聲。此刻的我真的相信，我們可以一直戀愛下去。

第七章　舊同學，老樣子

因為各執己見而發生的爭執也好，
因為懦弱所以不辭而別也好，
因為薄情對我不聞不問也好……所有這一切，
我已經無法再責怪他了。

「為什麼每間餐廳裡的情侶座都是這樣的呢？」我滿心不解地問：「面對面的坐，距離不是很遠嗎？說悄悄話多不方便！」

誠仁笑了，好像當我是存心撒嬌似的。他笑的時候樣子非常好看，我敢說他比以前快樂了。

誠仁之前說過要帶我到這間餐廳來的，沒想到我們真的來的時候，已經是情侶了。

餐廳貼著橘橙色與翡翠綠拼接的幾何格子壁紙，燈飾和擺設都是六、七〇年代的摩登風格，有銀色的鐵片風扇、黑白的好萊塢明星海報、復古收音機，紅色電話亭裡還有撥盤式的電話。小野麗莎的歌聲，輕快地融入飄著咖啡香的空氣裡。

我很喜歡這個地方。

「真受不了。」義大利麵上了之後，我卻終於忍不住說。

「呃？」誠仁不明所以地望著我。

「可不可以坐到這邊來？」我小聲問他。

誠仁立即便明白了我的心意，我說無法忍受的，是我和他之間隔著的距離。

「嗯。」雖然可能有點怪，但他還是擠了過來。

我們戀愛的時間還不長，即使是我要求的，但每次他靠過來，我還是會像毫無心理準備似的怦然心跳。

「嗨！給你看看。」我把錢包打開，遞給誠仁看。

他看了一眼，先是大吃一驚，然後是哭笑不得的表情。

那是公司為誠仁拍的個人照，是用來放在公司設計師名單上的，黑白色，只看見側面，面容很憂鬱，很像明星照。不，應該說比明星更帥。

「妳在哪裡找到的？」他笑著問我。

「在舊檔案裡找到的。」我很驕傲地說：「我最喜歡這張，很酷啊。」

「這批照片難為情死了，很做作，很假。」他把錢包拿走，要把照片抽出來：「不要放吧。」

「不行！」我連忙把錢包搶回來，珍而重之地捧在掌心。「我想把男朋友的照片放在皮夾裡呀。」

他雖然表現得很無奈，但其實還是開心的，他還說：「好，那我也要妳的照片。」

「改天你來我家裡挑。」我說，把錢包重新收好。

「那我也給妳看看這個。」誠仁忽然說。

「什麼？」我很感興趣。

誠仁從手提包裡掏出一本畫簿，我認得這是他畫設計圖專用的，平常我不敢向他借來看。

「看看。」他說。

「我可以看嗎？」

「為什麼不？」

「我以為是機密啊。」

「傻瓜，這個妳一定要看。」他笑著，替我翻到指定一頁。

我嚇了一跳，沒想過誠仁的設計圖裡會出現彩色。我忍不住接連翻了幾頁，都是花裙子，有大花也有小花，也有一些單色但色彩豔麗的配搭品，全都很有格調，一點也不會俗套。

「我打算下一季加推這幾款。」他還問我的意見：「妳覺得怎樣？」

「覺得怎樣？」我興奮不已，但又替他不值。「太美了！花裙子我看過太多了，一個不小心就會穿得像歐巴桑一樣，可是你的設計完全不會發生意外，我敢說，這些比我見過最高檔的貨色還更美！你要把這些設計賣給那些小公司嗎？太浪費了！要讓人們知道是施誠仁的設計才對！」

誠仁聽了只望著我，沒有笑，卻是感慨良多地說：「如果可以早點認識妳就好。」

我不知道該說什麼，臉熱了起來。

突然間，我覺得很感動。因為我，他的設計圖裡終於出現了色彩。

「如果在妳去美國唸書前，把妳留下來就好。」

我的心很痛。

是啊！為什麼你沒那樣做呢？

說完傻氣的話，他輕輕呼了一口氣，又笑了起來，說：「好啦！東西都涼了，快點吃吧！」

啊，誠仁，你為什麼不能是我的初戀呢？

我忽然好想記起我們初次見面時誠仁到底是什麼樣子的，他當時的髮型、穿什麼衣服、跟我說過什麼話，我統統都想知道，並不是他現在跟我描述就可以，

我希望有親身感受的記憶。但我無論如何怎也想不起來了。這樣太不公平！誠仁他記得，而我卻一無所知，這樣的遺憾永遠都無法彌補。

「紀晨。」

電話另一端傳來一陣非常熟悉的男性聲音，我下意識以為是一會兒要見面的誠仁。

「你等我一下，你買了票沒有？」我們說好了去看電影的。

「紀晨，是我。」對方以非常沉靜的聲音說。

我愣住了。

那不是誠仁，我怎可能搞錯了？

我怎可能忘記這聲音？

我對他的等待是以年月計的。

「楊皓？」我顫著聲問，其實已經肯定了。

「今晚可以見面嗎？」

這就是他不辭而別之後對我說的第一句話嗎？

沒有道歉，也沒有客套話，就這樣嗎？

我為什麼非得答應他見面不可呢？見不到他的日子，我不是一樣過得好好嗎？

但我最後還是赴約了。

明明今晚是約了誠仁的，我卻推說病了。誠仁說工作完後會來看我，我心裡盤算過，今晚十一時以前一定可以回家的，誠仁來的時候，不會知道我其實出去過。

是的，我撒了謊，而且打算再撒謊。

可怕的是我，還是楊皓呢？

「我以為妳不會記得我的了。」楊皓跟我並肩走在大街上，他說。

「怎麼會呢？我們是老朋友啊！」我居然可以從容自在地說出這種話，自己也嘖嘖稱奇。

這下我第一次切實地感覺到自己是長大了，可以說出一些違心而體面的話來。不是長大是什麼？

我們去吃披薩，這間美式披薩連鎖店我們以前在美國時常常光顧，最近才在香港開分店。「紀晨還是一樣喜歡這裡的瑪薩拉甜酒煸義大利麵嗎？」

楊皓這麼問我的時候，我承認自己是真的很開心。

每一次他喚我的名字，心中就像有某個地方開始甦醒。

「中國的環境問題不是很嚴峻嗎？所以組織以香港為基地，建立負責中國事務的分部，我被派到這邊來做行動總監，所以就乘機四處找找老朋友了，聽說很多人都回來了啊！真沒想到。」

「是啊！小蓓和阿麥也在香港。」我說。

「Gary 現在也跟我同一個組織，現在也在香港。」聽到 Gary 這個人，我勉強保持住笑容。他似乎一點也不介意 Gary 追過我，而且還跟他保持友好關係。

他又笑著說：「改天我們幾個舊同學再一起吃晚飯吧！」

「嗯。」我點點頭，我跟其他人一樣，也只是「舊同學」而已啊？

跟楊皓太久沒見了，總以為記憶多少有點扭曲，會跟現實有出入了。但原來他仍然是老樣子。說老樣子並不是說完全一樣，相反，他的變化是顯而易見的，他說話時依舊充滿自信，但更謙和敦厚了一些，而且他常常笑，讓人很窩心。他曾給我的迷人感覺，一點也沒有退減。

「你以前不是說，絕對不會加入任何組織的嗎？」我問他。

他笑笑自嘲地說：「以前想事情想得太簡單了，事實上單槍匹馬，能力始終有限，人終究還是要跟現實妥協的吧！」

「雖然某程度上妥協了，只要理想沒有改變就好。」我很感慨地說。

「嗯，」他望進我眼裡。「沒有改變。」

我呼了口氣，故作輕鬆地問：「是因為回來才找我吧？不回來就不可以找我嗎？」

「以前自己都不知道自己將在哪裡，沒有那個心情去維繫人與人之間的關係……」他說的包括情侶關係嗎？「現在總算是安頓下來了，想知道妳過得怎麼樣，好不容易才從舊同學那裡，找到妳的聯絡方法。」

他就那樣靜靜望著我，我坐直了身子，笑著說：「我過得很好啊。」

「那太好了。」他若有所思地點點頭，忽然又說：「紀晨從前不會化妝呢。」

「呃？」原來他在注視我的臉，我有點難為情地摸了摸自己的臉。「工作需要呀！其實我也不喜歡的，也嫌麻煩……」

「但也很好看呀。」他卻說。

「你也好像不一樣了。」我把話題轉回他身上。

「是嗎？哪裡不一樣了？」

「肩膀、胳膊好像變寬了，皮膚也愈來愈黑……」我乘機放肆地盯著他的臉審視起來。聽說人的細胞每三年會完全換一次，站在我眼前的他，雖然名字一樣、外表也一樣，但事實上已經不是以前的那個他了。

「你從前笑的時候沒有這些魚尾紋。」

「呀，其實是老了。」他露出很悽慘的表情。

「才不。」我搖頭。「只是覺得沒聯絡的日子你應該過得很好吧，你看來很精神呢。」

「是嗎？」他笑笑說，語氣卻透著苦澀。

我們就這樣一直談天，說生活，談及那些共同認識的老朋友的近況。但他沒有說情話，沒有表示出特別關心，也沒有重提我們的結束。在他心裡，我是情人還是朋友？他緬懷的是愛情還是友情？我發現自己又像從前一樣。愈想知道他的想法，愈是不敢多問，我不想聽見令任何一方難受的答案。

我真的很沒用。

無意間看見時鐘，我才發現原來已經過了十時了。

我想起了誠仁，最近我沒有一分一秒不在想他的，但跟楊皓見面，卻讓我一整晚沒想到他。我為此震驚不已。誠仁說不定已經在來我家的路上了。

「我得走了。」我突然說。「我們結帳好嗎？」

楊皓露出失落的表情來，我假裝沒看見。

「從來沒有跟妳在香港的街道上走過呢！」他跟我並肩走在街上時說。

地鐵站就在前面了。我雖然趕著回去，但人卻不想走，只希望時間可以放緩流動。

「以前我不是答應過要陪妳回來嗎？」他笑笑，說得雲淡風輕。

「好像是吧。」我像沒有放在心上似的。

其實我們說過些什麼，我怎可能忘記呢？

「妳家在哪裡？我送妳回去好嗎？」他又說。

「不用了。」

我答得斬釘截鐵，他好像受到了挫折。

我一隻腳踏進地鐵站入口，立即停下腳步，轉身說：「送到這裡就好。」

他終於沒有再說什麼。但他的沉默，更讓我想起以前面對他的感覺。

他應該明白，我想跟他保持距離，會有這樣的結果完全是因為他的確深深傷害過我。

我想說聲拜拜就轉身離開，他卻忽然說：

「對不起。」

我本該不明白他道歉的原因，但遺憾的是，我完全能夠明白，因為我根本一直放在心上。

「那時候，我不應該一聲不響地離開。」

「不要再說了，已經過去了。」

我居然可以那樣大模大樣地說已經過去了，但心裡明知道自己根本沒那麼灑脫。

聽見我說「過去了」，他好像很失望的樣子，當初希望這一切過去的不是他嗎？

「對不起。」他還是重複道。

其實我從聽到他的聲音那一刻起，已經不再生他的氣了。

因為各執己見而發生的爭執也好，因為懦弱所以不辭而別也好，因為薄情對我不聞不問也好……所有這一切，我已經無法再責怪他了。

「走啦！」我揮揮手說，轉過身去，縱然不捨，也要落荒而逃。

他卻叫住我。

「紀晨。」

我只得再次停下來，回首。

「妳曾問過我，有沒有後悔過。」

我問的難道不是傻話嗎？他為什麼要記住呢？

「我有，所以我回來了。」

說這樣的話太不負責任了。我的淚像斷線的珍珠，一顆顆掉落下來。

我知道他的倔強，他單單一句後悔，竟讓我如此心疼。

我可以讓他後悔。

我可以讓他後悔。

我又竟然為此興奮不已。

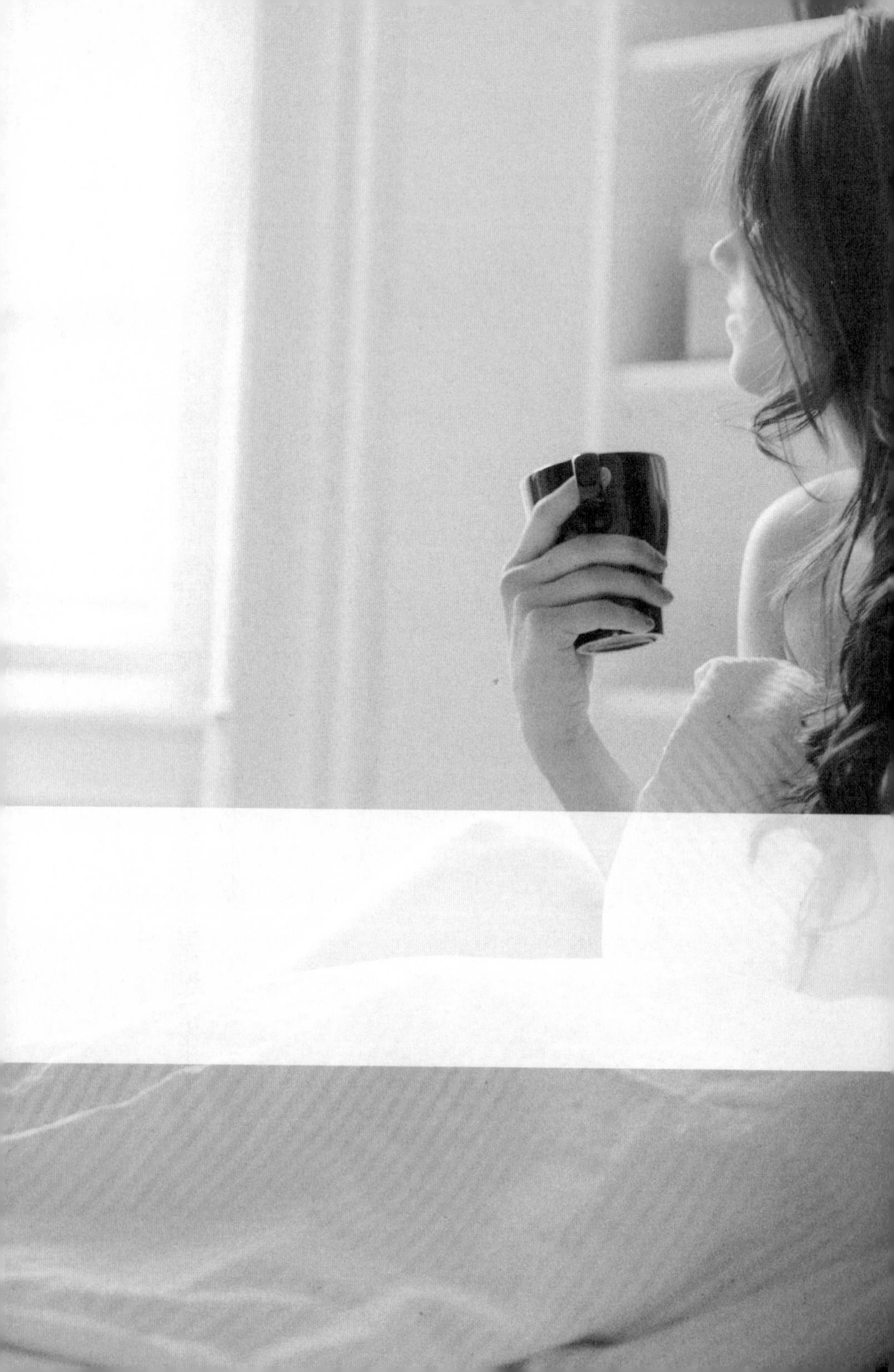

第八章　會消失的早晨

這次不是撒謊，也不是託辭。
只是人難免在最開心的時候，
想起最痛苦的過去。
幸福是必須透過映襯才能存在的。

一陣食物香味把我從睡夢中喚醒，當中包含著烤吐司和奶精的芳香味道。

我隨手抓來時鐘一看，噢，我又遲到了！

算了，今天根本不想上班，渾身提不起勁，哪裡都不想去。

我翻開被單下了床，心裡奇怪媽媽怎麼難得有心情煮早餐呢？我便往下層廚房走去。

沒想到在廚房裡的是誠仁。他挽起了襯衫袖子，回頭看見我，綻開一如以往的親切笑容，說：「起來了啊？早安。」

昨晚回到家裡的時候，媽對我說，誠仁來過又走了。

我擔心他生氣，連忙撥了一通電話給他，我騙他說我去了診所，手機又碰巧沒電。他聽來倒像沒放在心上，只說因為想當晚把工作做完明天再來看我，所以先趕回去了。

「你真的來了啊！」我委實是又驚又喜的，我只當他說說。

「嗯，妳媽給我開的門。」他笑笑。「我已替妳請假了，我今天也放假哦。」他單手把煎鍋一拋，輕而易舉把蛋翻面了，油在鍋裡發出令人窩心的吱吱聲。「今天好點了嗎？」他問我。

我不明所以地頓了一會，這才想起昨晚騙他說我生病了。

「呀，沒事了。」

「早餐可以吃嗎？」他把煎蛋放進碟子裡，好漂亮的煎蛋，兩隻橘紅色的蛋黃並排在煎得金香的蛋白裡面。

「嗯！好想吃。」我笑了，是誠仁給我做的早餐呢！

這時媽不知從哪裡冒出來，她捧著一個餐盤，上面的餐具都空空如也了，她很滿足的模樣。

「已經吃完了？給我吧。」誠仁很禮貌地把餐盤接了過去。

「不用，不用，你已經煮給我吃了，等會兒我自己來洗。」媽擠到水槽前面去，把我跟誠仁分隔了，好討厭。她對我說：「要是誠仁沒告訴我，我都不知道妳病了呢！呀！你們上樓去，慢慢吃，我不打擾你們囉。」

老媽說完便嘻嘻笑走了出去。

「妳媽人很好，也不介意我在妳們家廚房亂來。」誠仁把烤好的厚吐司放在盤子上。

「才不會，她自己根本不會做飯。」我嘆了口氣，裝出很傷腦筋的表情說：

「誠仁啊！你就這麼會討人歡喜嗎？」

「為什麼？」他受不了奉承地笑著。

「我媽每次見你總是眉開眼笑，她平常根本不是個這麼樂天的人。」

「我以為妳說我能討妳開心呢！」

「這個自是當然啦！」

誠仁忽然停了下來，饒有興味地望著我。

「怎麼啦？」我很不自然。

「紀晨剛睡醒的模樣很可愛哦，還穿小熊睡衣呢！」他笑著說。

「呀！」我這才發現自己沒有梳洗也沒有換衣服，太糗了！我連忙衝回自己的房間，關門時不忘向他大叫道：「我換好衣服之前別進來哦！」

「嗨，把桌子搬到窗邊去好不好？」把早餐盤放在我房間的小茶几上之後，我說。

「呀，好。」誠仁很隨興，我們合力把桌子推過去。

雙人份的歐陸早餐，在薄薄地透進來的白色晨光裡閃閃發亮。英式豬肉香腸、鮮綠的生菜沙拉切絲、煎蛋、厚吐司、餅乾，還有水果優格、果汁和咖啡。

「都是你一大早去買的材料嗎？」我屈膝跪坐了下來，只想好好欣賞，還不想把它們吃掉。

「嗯。」誠仁點點頭笑說：「不知道妳要睡到什麼時候。本來想去給妳買早餐的，走過麵包店的時候，忽然想到，不如乾脆給妳做早餐吧！放假時我自己也會在家裡做的。」

「好厲害。」我仍驚歎不已，告訴他一件事：「我最喜歡這個位置了！我跟你保證，再過一會兒，這就會變成一個奇妙空間了！」

「奇妙空間？」

「嗯！」我用力點點頭。「那時候打進來的陽光，會把一切都映得好美好美，我最愛挑那個時間替舊衣服拍照哦！所有舊衣服在那樣的日照下，都會散發著令人無法忽視的存在感呢！」

「真的嗎？」他半信半疑的說。

「誠仁……」我忽然又要求。「你可不可以穿上那件毛呢西裝看看？」

「呃？」他別過臉去看我指著的那件掛在牆上的咖啡色男裝毛呢外套，他毫不猶豫就站起來走過去，把它拿下來穿到身上。

「嘩！很合身！像英國紳士！」誠仁穿得很好看，我忍不住拍掌。

誠仁樂意陪我玩，他還擅自拿下了一頂放在旁邊的帽子，戴到頭上去。

「怎樣？像不像？」他還問我，沒想到他可以有這樣狡黠的表情。

我看著看著，心情卻變得有點患得患失。

「簡直像《似曾相識》裡，那個克里斯多夫・李維會消失的早晨啊！」

那是個美好得過了頭、注定會以悲哀作結的早晨。

「對啊！當時克里斯多夫・李維和珍・西摩爾也在吃早餐吧？」他想起來了。

「那麼紀晨應該要穿睡衣才對啊！不過不可以是小熊睡衣……」

「你還笑。」我嘟了嘟嘴，又忍不住滿臉笑意。

誠仁把帽子重新掛好，穿著那件西裝走回來，在我身旁坐下。

「啊！等我摸摸看口袋裡有沒有能把我喚醒的懷錶吧！」誠仁忽然說道。

這時候，我說的奇妙日光剛好開始映進來了，正在牆上、地板上一點一點化開，像擋不住的潮水般，就快要漫上我們的小餐桌了。我突然好害怕，他真的會從口袋裡掏出什麼奇怪的東西來，把他強行從我身邊帶走。

「嗨，不要。」我捉著他的手。

他只是跟我開玩笑，我焦慮的反應卻把他給唬住了。

「你會在我眼前消失掉嗎？」我問。

「怎麼會？」他笑道，伸手把我拉過來，輕輕捧著我的臉，我閉上了眼睛。

他反覆在我唇上吻了又吻，他的吻像漣漪般輕柔，餘韻不散。日光已經照到我們身上了，那陣泛白的光沒有溫度，甚至好像還有點冷，我不禁緊靠著他。我突然想起多年前跟楊皓在加油站旁路邊的吻，隨即唏哩嘩啦地哭起來，連自己也嚇了一跳，我明明是那麼喜歡誠仁的。

「為什麼哭了？」他溫柔的聲音把我拉回與他一起的現實中。

「沒事，我只是，太開心而已。」

這次不是撒謊，也不是託辭。

只是人難免在最開心的時候，想起最痛苦的過去。

幸福是必須透過映襯才能存在的。

「其實，你喜歡我什麼？」我又哭又笑的問。

他想了想，像是認真又像是說笑一樣，說：「只有像紀晨一樣感情豐富的女孩，可以讓我麻木了的心恢復知覺。」

「誠仁很久沒有哭過了是嗎？」我問。

「嗯，許久了。」他笑笑說：「妳想讓我哭嗎？」

「不要，我希望你傷心的感覺永遠不要醒過來。」

誠仁笑了。真難以想像，當初一臉酷樣的那張臉上，可以出現這麼甜蜜的笑容。

誠仁在我家裡待了整整一天。晚上，我們在附近的餐廳吃飯。我對自己發誓，跟誠仁一起時，再不可以想到楊皓，絕對絕對不行。

晚飯後誠仁有公事必須先走，我甫踏進家門，便接到小蓓的電話，她劈頭第一句話幾乎震聾了我的耳朵。

「喂！妳在跟施誠仁戀愛嗎？」

我早就猜到該傳開了，今早還是誠仁替我請病假呢。

「全公司上下都知道啦！有同事在街上看見你們手牽手呢！有人問過他，他也親口承認了！」

聽到誠仁說承認了，我很開心。我沒好氣地笑著說：「那既然妳什麼都知道了，就不用問我了啊！」

「厲害！」小蓓誇張地說：「妳怎麼總是這樣？要嘛不出手，一出手都是絕頂棒的男人呢！」

「妳胡說什麼出手不出手的。」我嘟囔著。「還不都是拜妳所賜。」

「那倒是！但為什麼我自己的男友偏偏這麼不濟啊？」我知道她嘴裡雖然這麼說，其實對阿麥是很專一的，她又說：「我是真的很開心呀，還以為妳一直對楊皓念念不忘呢。」

聽到小蓓忽然很認真地說，我很想把實情告訴她——

「昨天……我跟他見過面。」

「嗯？妳說誰？」她一時未能會意。

「楊皓啊。」

「什麼？他回來了嗎？」

「嗯，我們吃過一次飯……」

「他找妳沒什麼事吧？」

「是沒什麼……」我故作輕鬆地說：「只是像老朋友那樣敘舊而已。」

大概小蓓聽出我支支吾吾的，便單刀直入地問我：「那為什麼只找妳一個呢？我跟阿麥也是他的老朋友吧？」

「說不定他只是遲些才找你們吧。」

小蓓正要說什麼，我卻被一陣電話鈴聲吸引過去。

我看見了誠仁留在一旁的手機，它正響個不停。

「呀，我要接一個電話，是誠仁把電話留下了……我先掛了哦。」

「誠仁已經把電話都留下了啊？已經發展到這麼親密的地步呢！」小蓓意猶未盡地說，她似乎很樂於見到我跟誠仁交往，但對楊皓卻充滿戒心。

其實楊皓已經變了許多！我想替他辯白，猶豫了一會又甚覺多餘。

「不說啦！拜拜！」

我把電話掛了。我拿起誠仁的電話一看，認得來電號碼是公司的電話，怕他會錯過要緊的公事，正想代他接，對方卻掛斷了。

沒多久，誠仁的電話收到留言訊息，我想也不想便撥過去收聽那個口信。

「你真的不理我了嗎？你說過的都不算數了？我在Andy's等你，你不來，就永遠都不會再見到我啦！」

我被這通留言嚇了一跳，這時才醒覺自己可能是偷聽了誠仁的隱私了。那女人的聲音熟悉得不得了，但哀愁的語氣卻讓我好一會兒想不起是誰。我猶豫了一會，覺得好像事態嚴重，又忍不住反覆聽了幾次——然後，我終於想起來了！那不是 Cecelia 嗎？

Andy's 是一間酒吧，我記得沒錯，酒吧老闆就叫 Andy，是誠仁的好朋友，誠仁帶我去過一次。只記得在半山，實際地點我不太記得，只得快步前進，憑記憶摸索著。

我試過找誠仁，並不是為了責問他。誠仁說過跟 Cecelia 完全沒可能有任何感情瓜葛，而且 Cecelia 是老闆的女朋友，我一直很放心，覺得自己當初懷疑她跟誠仁是一對，是因為我太在意誠仁而想多了。但現在顯然誠仁跟她的關係並不是那麼簡單的。雖然我滿腦子疑問，但我更在意的是 Cecelia 的言辭中透露的恫嚇意味。因為找不到誠仁，我只好自己一個人硬著頭皮去找她了。

我踏進酒吧的那一刻，就找到坐在盡頭的 Cecelia 了。

「不要再喝了！」站在吧檯後的酒保正是 Andy。

Andy 正在跟 Cecelia 說話，我向她走過去。

Cecelia 穿得比上班時隨意多了，不化妝的臉，原來看起來很年輕，簡直是一張娃娃臉。

「再給我一杯吧！」她還想再要。

Cecelia 回頭，發現了我，她再往四下搜索了一會，當意識到我是一個人來的，眼睛睜得大大的盯著我看。

「為什麼來的是妳？」Cecelia 凶狠的目光把我懾住了。

「誠仁把電話留在了我家，我聽到妳的口信，但跟他聯絡不上，我擔心妳，所以自己來了……」

「他把電話留在妳家？」她聽了笑了起來。

「妳是擔心我？還是來炫耀？」

「我並不是這個意思……」我突然覺得自己好傻，我根本不應該來的。

Cecelia 忽然轉過身對 Andy 說：「這就是誠仁現在的女朋友，你說我有哪點比不上她？」

顯然 Cecelia 醉得很厲害，Andy 望了我一眼，又尷尬又無奈地哄著她說：

「別說傻話啦！我已經打電話給 David 了，他快到了，讓他送妳回去吧！」

Andy 原來也跟 David 認識，他們幾個都是一個圈子裡的好朋友吧？我覺得自己像個多管閒事的小孩子，管人家成年人的事。

「我不要看見他！我只要誠仁啊！」

Cecelia 開始叫嚷起來。然後她別過臉對我叫道：「小潔死了，誠仁說他不會再愛人了！這不是騙人是什麼？他明明答應過我，等他把小潔放下，就會跟我一起的！我跟小潔是好朋友，我心也痛，好！我等他！但他竟然二話不說就跟妳一起了！這不是騙人是什麼？這不是騙人是什麼？妳說啊！」

小潔應該就是誠仁那位死去的女友的名字吧？我啞口無言地聽著她發作，Cecelia 的眼淚撲簌簌地落下來。從來沒有人像她現在這樣對著我哭的，我不知道可以說什麼。

Cecelia 突然舉起手，我知道她要摑我，我不知道自己應該逃避，還是任她出口氣就好。

我閉上了眼睛，屏住了呼吸。

突然，有人從旁捉住了她正要落下來的手。

我抬頭一看，是誠仁。他是什麼時候到的？

「沈怡！妳別太過分！」

誠仁即使在嚴厲的時候，還是那麼溫柔。

啊！一直以來只有誠仁喚她沈怡，我為什麼沒看出這叫法當中的分量呢？

「施誠仁！是誰過分？是誰過分啊？」Cecelia又哭又叫，又打又踢，我從來沒見過她這樣的，她一向都像個擁有百分之百自制力的人。

誠仁一邊捉住她的手，一邊對我說：「紀晨，對不起，妳先走吧！我跟她說清楚。」

又是我先走？接著他就要對我解釋是吧？為什麼這情境似曾相識？

我抿住唇，轉過身。

「為什麼要叫她走？有什麼不能當著面說？你怕了我？你怕我會傷害她？」

Cecelia還在後面嚷，我感到後面一股壓力向我逼近，冷不防後腦勺的頭髮突然被用力扯住。

好痛！我掙脫不開來，但仍不哼一聲。

「放手！」誠仁連忙跑過來，Andy和另一個酒吧夥計也過來幫忙，勉強把Cecelia拉開了，誠仁緊緊抱住了癱軟了身子的我。

酒吧裡的每個人現在都在看好戲似的。Cecelia仍在大吵大鬧，她蹲下來哇哇大哭。我突然覺得這一切充滿了乖離感。原來她也是會傷心的呀。為什麼會弄成這樣子呢？喜歡一個人，原來並不是那麼單純的一件事啊？誠仁又大又柔軟的手在搓著我被扯得發麻的頭皮。「對不起，對不起……」誠仁說了很多聲，聲量很小，聽起來像夢囈一樣，很超現實。不知不覺，誠仁已經把我送到酒吧門外。我望向天，外面沒有下雪，但我覺得很冷。

「還痛不痛？」誠仁問我。

我搖搖頭，呆望著他。

這時我開始思索 Cecelia 剛才的話：誠仁答應過她？誠仁明知道她在等嗎？他為什麼要說他們之間沒可能呢？

「她只是太醉了，她平常不會這樣的。」誠仁為她辯護，誠仁真的很體貼，他們感情一定很深厚了。「我不可以丟下她不管，妳先回家好不好？」

我盲目地點點頭，誠仁回去了，我卻根本不打算走，或者說，我走不動。

我在門外漫無目的地等著，Cecelia 歇斯底里的叫聲後來總算消失了。過了不知多久，一部救護車來了，兩個救護員走進酒吧裡去。救護員出來時推著一張輪椅，Cecelia 坐在上面，頭歪歪地垂下來，似乎昏過去了，誠仁就陪在她身旁。

誠仁看到我沒走，也沒問什麼，只是本來焦慮的臉容更加哀愁了些。他叫 Andy

不用陪同到醫院去，說她恐怕是喝酒太多，進醫院檢查一下就好……

「我可以一起去嗎？」我終於開口問了一句。

誠仁望著我，痛苦地點了點頭。

「你不知道我已經跟他完了嗎？你以為如果不是你，我還會留在這公司裡嗎？」

我坐在病房外等著誠仁。誠仁正跟 Cecelia 在病房裡，Cecelia 已經醒過來了，現在的她，跟公司裡的她、或者剛才酒吧裡的她，都判若兩人。這才是真正的她吧？沒有半分霸氣，就只有款款告白時無法言喻的委屈。「你根本已經忘了我在等你是吧？我還一直騙自己說，你對我不止是友情，你只是還沒有放下小潔而已……但當我看見你怎樣對待文紀晨，我就知道自己只是自欺而已。你不愛我，你愛的是她。」

走廊上傳來噠噠的腳步聲。我抬頭，沒想到老闆也來了。

我本能地想站起來跟他打招呼，但他對我無聲地點了點頭，我懂得他的意思，他來了，但不要驚動任何人，我便繼續坐著，沒作聲，他也沒再看我一眼。

他就那樣靜靜地站在門邊，傾聽他女朋友跟我男朋友之間的對話。

眉頭深鎖的他，這樣子就再沒有地位高低之別了。

他不過也是個會為情受傷的男人。

「我跟他一起，無非是因為不懂得還可以做什麼讓你在意我了。」

Cecelia 現在說這些話，讓我膽顫心驚，倒不是為了自己。

真怕老闆受不住，又釀成吵吵鬧鬧無法收拾的場面。

但老闆只是把唇再緊抿了些，看上去是太冷靜了。

誠仁在裡面，由始至終沒有說過半句話。

「我本來以為只要跟比你更棒的人一起，我就算贏了。我錯了，是的，你替他工作，他職位比你高，但他根本不比你棒，沒有人比你更棒！我愈了解他，只有愈悲哀而已。我真正愛的人是你，一直沒有改變，現在我更加肯定了。」

「沈怡，小潔離開的時候，我說了一些傻話，但那時候我並沒有仔細想清楚，我沒想過妳會等我……」誠仁終於開口。

「你沒想過？」Cecelia 提高了聲線。「我為你浪費了這些年的青春，你能不能夠還給我？你能不能夠還給我？」

老闆退後了一步，把握緊了的拳頭，收進大衣口袋裡。

他轉過身，臉落在陰影裡，我看不到他的表情，但他的背影落寞而沉痛。

他沒有跟我說再見，就邁開腳步離開。

我忽然意識到，在地球上這個渺小的角落，最可憐的人是他，最不可憐的人，是我。

「我們都聽見了。」站在醫院門外，我對誠仁說。

雨淅淅瀝瀝的下著，我們彷彿在等雨停，又彷彿必須先理清一點什麼。

我是一直耿耿於懷的。

誠仁抿著唇，落入沉默中。讓人摸不透的側臉。

「David 知道了，你怕不怕……」我替他擔心說。

「我是答應過只要把小潔忘了，就跟她一起。」誠仁關心的卻不是這個，而是我的感受。「我不是存心騙妳的，況且她後來已經跟 David 一起了，我沒想過她原來仍在等我。」

我喉嚨乾涸，一時間答不上話來。這並不是他有心或無意的問題。一個女人在我面前哭得力竭聲嘶地指控我，這畫面深烙在我腦海裡，可不是容易抹走的，我真的開始懷疑自己做錯了嗎？

「許了諾言就應該做得到吧，你答應她的時候，是愛她的吧？」我說。

「紀晨……」

我要把憋在心裡的話說完：「她很愛你，或者比我更愛你，反正我就是遲來的一位。」

「這根本不是誰先誰後的問題！」誠仁低叫道，我閉上嘴巴，他吁了口氣，再次冷靜下來後，又說：「我的錯是不該許諾，而不是沒有守諾，那時候我用承諾安慰她，是因為我沒想過會放得下小潔，我真的以為自己不會再愛誰了……」

我忽然很後悔剛才衝口而出說她或者比我更愛誠仁，我把自己的愛貶低了，我明明是很愛誠仁的，我現在就想抱住他。

「你肯定你不愛她嗎？」我最後問一遍，這就好了。「她又漂亮又能幹，而且她很愛你，她等你這麼久了，不是該得到回報嗎？」

「妳還是不明白……」

「是的，我不明白。」我搖搖頭，茫然地說：「我覺得好像搶了別人的東西，我覺得自己像個壞人。當想到有個人那麼恨我，我就覺得很辛苦。」

誠仁轉過身來，捉住了我的手。他的手又大又乾爽，力度剛剛好。

「紀晨，我愛妳，妳會開心嗎？」

「當然。」我毫不猶豫地說。

誠仁鬆了一口氣地，笑了起來。原來他想聽的，就只是這一句。

誠仁一直保持著那個帶點憂悒的微笑，然後才靜靜說：

「不敢開罪任何人的話，妳以為受苦的，真的只有妳自己嗎？」

第九章　真的已經結束了嗎？

他就是這樣一個隨時能帶來奇蹟的人，
跟他一起的每分每秒都有不可思議的感覺，
沒有一件事是理所當然的。

「本來以為來香港工作，一定不需要雪衣了，所以沒有帶過來，沒想到這麼快便要參加行動，結果要買的時候，才發現自己對香港根本一點不熟嘛，根本不知道該到哪裡找……」

再次跟楊皓並肩走在熙來攘往的大街上，聽他輕鬆地說話，我的心情慢慢沉澱下來。

接到楊皓電話的時候，我還猶豫著要不要接聽。但是，既然上次見面時，是自己裝作沒把往事放在心上，我根本沒有逃避他的理由。要說有什麼理由，就是我不想再裝出若無其事的樣子，那樣真的很累。不過最後我還是拿起了電話，聽到他說要我幫忙，也不管是不是藉口，反正我就是出來了。

我們鑽進一間體育用品店裡，這裡有很多保暖大衣。

「不好意思要麻煩妳陪我出來……」

楊皓說話這麼客套，不是他的作風，我反而覺得很不習慣，因為我對他根本沒有陌生感。

「沒關係啦！」我揮揮手說：「我反正有空……喂，你到底有沒有看啦？這件怎麼樣？」我隨手挑了一件暗紅色的，往他身上比。

「呀，是，這件也可以。」他笑著接了過去。

「會不會不夠暖？你說要去哪裡？」我埋首在衣服堆裡瞎忙一通，我總是不敢正視他的眼睛，只不斷地找話說。

「紐西蘭，南冰洋附近。」他說：「我本來已經不負責那邊的事了，但他們說有經驗的人手不夠。」

「呀，是，你說是阻止獵鯨隊吧？」我頓了頓，想了想，不禁由衷地說：

「好棒啊！你們一定要努力，能救一條是一條啊！」

我用鼓勵的眼神望向他，他微笑，點點頭。

「不過，會不會有危險呢？」我忽然又有點擔心。

「我們會用和平的手段阻止他們。」

「這樣啊。」我點頭，沒有再說什麼。

也真是的，沒有我擔心他的日子，他不是一直活得好好的嗎？什麼意外都沒有發生過。

最後他買下我替他挑選的那件保暖大衣，付款的時候，我忽然想起來說：

「啊！我有折扣卡，等一下。」

我把錢包掏出來，他看見了我夾在錢包裡那幀誠仁的照片。

「男朋友？」楊皓問我，他是笑著的。

我卻心虛地把錢包合上。

「嗯。」我笑了一下，換著是別人問的話，我會覺得很驕傲，但問的是楊皓，我便覺得很不安。

「早知道妳會有男朋友的。」楊皓平靜地說，笑容顯得太安分了。

他挽起購物袋，我們沒有再交談，離開了體育用品店，毫無目的地沿著海傍離去。黃昏時分，天空飄著一絲絲橘紫色的彩霞，許久沒有見過這麼美的晚霞了。

我們陷入怪異的沉默中，我的思緒一直停留在他最後一句話上面。

他早知道我會有男朋友，這句話背後的意味其實是問我，為什麼一直沒有提起。如果說我沒有刻意隱瞞什麼，那是不誠實的。我不想告訴他，其實是因為我還想跟他見面，如果他回來是因為他還愛我，我不想這麼快讓他失望。

我愈想愈覺得自己好可怕。說到底我不過是害怕等了這麼久才終於要回來的人，會再次遠遠的離我而去。我跟他還沒有完的，我很不甘心。

「那時候……」楊皓忽然開口了，我也覺得是時候了，一點也不覺意外。

「覺得妳是個寂寞的女孩，一個人遠遠的來到這裡讀書，朋友又不多，很多事情都不懂，總是不能好好照顧自己似的，也因為那樣，妳來不及偽裝什麼，妳很真、很容易開心，妳常常笑……」他回憶的表情充滿懷念，說得那麼自然，一點也沒有難為情，他頓了頓，才說：「也許是因為那樣，我愛上了妳。」

他說這些話時我只一直盯著他的喉嚨，我表情漠然，雙腿卻仍然機械式地前進著。

「可是現在我知道，妳已經不寂寞了，一直以來，寂寞的其實只是我而已。」楊皓說到這裡，笑了起來。「所以才總是特別在意，誰寂寞不寂寞這件事。」

一陣椎心的刺痛，讓我倏地停下了腳步。

「你走的時候，就不在意我寂寞不寂寞了？」我發現自己叫了出來。實在受不了這種偽裝，我恨不得立即爆發開來。我想起了 Cecelia 失控的樣子，現在終於明白她的感覺。

楊皓也站定了，他現在的表情才像他，當日的他。

「因為妳已經不跟我站在同一陣線了，我很害怕。我害怕自己是錯的。我害怕自己真像妳所認為的，只是個無聊的理想主義者。我要真真正正去做點什麼！所以我必須離去……」

「我從沒那樣認為過，一切都是你自己的想像！」我大叫，他閉上了嘴巴，沉默地凝望著我的眼睛。

「你這算是什麼解釋？我沒有辦法滿意！我絕對不會原諒你的！」我丟下一句，就轉身大步往前走。

楊皓卻跑上來，一把拉住我的手，把我扳轉身。

「我還有機會的是嗎？」他焦急地問我。

我想摔開他的手，但他不肯放手。他走的時候，一個機會都沒有給我。

我一口氣地嚷道：「時間會走，人會變，我們之間已發生了很多事，我為什麼還要被你帶著走？你說出來見個面談談天，我便要放下心中包袱跟你見面，還要裝作若無其事開開心心的樣子！我為什麼要這樣？見不見你，我的心情都被你影響，我討厭自己這樣！你為什麼要回來？為什麼要現在才回來？一個月之前你回來的話，我恨不得立即撲進你懷裡，但現在已經不行了！」

我把心中憋著許久的話像水一樣傾倒出來，說完我已經淚流滿臉，只能極辛苦地呼吸著。

他終於放開了我的手，我立即用雙手掩住臉。

「對不起。」楊皓小聲說。

我抽抽搭搭地等餘下的眼淚流完。

「我沒想過對妳造成這麼大的困擾。」他很抱歉的說。

「這種芝麻綠豆的事情，你怎麼會在意？」

他對於我的挖苦只能無奈地笑笑。

把眼淚抹乾淨，現在感覺好多了，我振作起來，說：「我沒事了，你別管我，我只是鬧情緒。」

楊皓見我沒決絕地轉身就走，吁了口氣，好不容易放鬆心情，微笑起來。

「我們還可以是朋友嗎？我還可以再找妳嗎？」

他已經說得這麼不捨了，我沒可能孩子氣地說要絕交的。

我故作成熟大方的口吻，說：「下次再見面，不要只約我一個，其他舊同學也想見你。」

楊皓抿住唇，用倔強的眼神望著我，每次他這樣看我，我就全身無法動彈。

「那麼，過了今晚妳就不再跟我單獨見面了？」他啞聲問。

「我不知道……」我為什麼就不能決絕一點呢？「或者是吧！」

楊皓無聲地嘆了一口氣，把視線沒有焦點地放到對面海岸的建築群上。

他回過頭來，低聲問我：「現在不要說再見可以嗎？今晚再陪我一會可以嗎？給我們最後一次獨處的機會可以嗎？」

他一聲聲的「可以嗎？」讓我心碎，他從沒如此低聲下氣要求過我什麼。

我以為他嚮往的事情，統統都是我無法企及的。

但這個，我做得到。

「直至什麼時候？」我反問他。

他露出傷腦筋的表情，眼角卻帶著親切的笑意。

「不如就十二時？像灰姑娘一樣？」

我無法自制地笑了起來，灰姑娘！我不敢想像這樣的話會出自楊皓的嘴裡！我一句話都說不了，只是一個勁兒笑。

「有什麼好笑？妳這樣又哭又笑的。」楊皓傻乎乎地笑著。

「好啊！我要做一晚灰姑娘。」我好不容易才止住笑，點點頭說。

他聽了很高興，連忙苦思著說：「那現在做什麼好呢？」

「香港對你來說應該還很陌生吧？要不要我做導遊啊？」我隨口說。

「對了！我有很多地方想去的，但現在我一個也想不起來……」

他看來真的很緊張，一臉苦惱地回想著，好像如果現在想不起來，我就會立即丟下他轉身走似的。

他的視線四下搜尋著靈感，直至看見我們身後的咖啡座，忽然想起了什麼。

「呀！點心！在美國吃不到點心！這裡的茶樓是不是有點心？」

「現在已經過了早午市，茶樓沒有點心吃了啊！」

「噢！是嗎？」他有點失望。

我沒想到他也會像普通遊客一樣，來香港只想到吃的。繼「灰姑娘」之後，「點心」是另一個我從沒想過會從他嘴裡冒出來的名詞，像他這種人，居然會有像吃點心這種微小的心願，我雖然覺得啼笑皆非，但我很喜歡這樣平易近人的他。

「不過我知道有個地方二十四小時也可以吃到點心。」我賣關子，沒說下去。

「真的嗎？」他露出我正想看到的欣喜表情。「帶我去吧！」

從冬天的寒風中，躲進擠人的舊式飯館裡，心情立即變得暖烘烘的。我們好不容易在一張大圓檯找到兩個空位，便擠著坐了下來，即使跟他肩碰著肩也不在意。當我

們看見老夥計從廚房裡端出一籠籠還冒著熱氣的點心時，不用多說話，就可以感覺到

我和他的心情都好得不得了。

「為什麼沒有侍應招呼呢？」楊皓不解的表情很搞笑。

「這裡的規矩是，自己找了位子，便出去捧點心回來，吃飽便結帳，沒有人招呼你的！」我大聲說他才聽到。

「好像很好玩！」他聽了笑逐顏開，好像要大顯身手那樣，摺起衣袖站起來：「妳要吃什麼？我幫妳搶來！」

「什麼都好啦！」我忽然又想到了。「啊！看看有沒有叉燒包？」

我不餓，但我真想看他會搶什麼回來。

「好！」他說完便立即跟大叔大嬸們一同衝出去。

看著他在這店裡顯得格格不入的背影，我禁不住笑。

我看看腕錶，晚上七時，我們還有時間，雖然不多，也不算少。

真沒想過有機會看到這樣的他，我本來以為，他給我的回憶，就只有那麼多了。

給他一晚，也不過分吧？

只要我們都恪守自己定下來的規則就好。

楊皓好厲害，一個人兩隻手，竟然捧了十幾二十籠點心回來，而且籠籠都很燙手，我給嚇了一跳，連忙七手八腳幫他把點心放滿了一桌。

我對同桌一位看得眼珠兒也快跌出來的老伯說：

「不好意思，他在外國長大，沒吃過點心。」

「選這裡就對了！」老伯向我豎起大拇指。

楊皓笑著對我說：「因為不知道是什麼，就統統拿回來問妳。」

「你吃得完才好！」我笑罵他。

他站起來把點心分給同桌的老人家。

「我請大家吃的，不要客氣。」他很恭敬地說，我發現自己從不知他對待長者是這麼靈乖的。

看著堆滿一桌的點心，在美國的時候也沒有這麼跟他一起大吃一場過。新的記憶，突然讓我覺得有點措手不及。

捧著肚子離開的時候，已經九時了。

時間過得真快，我開始倒數。

「妳看！有十三個小時！」我被楊皓這話嚇了一跳。

循他指的方向望去，前面大型商場外有一個廣告牌，廣告牌連著一個木刻時鐘，時鐘上有十三個時刻，又怪誕又新奇。

仔細往廣告牌上一看，原來商場正在做主題展，裡面有中世紀歐洲人生活的模型。

「似乎很有趣。」我說。

「進去看看吧！」他笑著說。

我們玩了裡面的城堡迷宮，出來的時候碰見不少假扮的騎士走過，然後又到了國王出巡的時間，再往前走，踩高蹺的小丑彎下腰來向我遞上一個彩球，我還沒接過，他就把彩球變成一枝玫瑰花，送了給我。

「這算是什麼中世紀展覽啊？」楊皓笑著說：「分明就是個大雜燴嘉年華。」

「管它呢！我覺得很好玩哦。」我忽然有大發現，指著前面：「前面好像可以拍造型照啊！」

我像被吸引住的向前走去。

「什麼？」楊皓跟上來。

「我想拍這個。」我說。「你也要一起拍哦。」

楊皓失笑，但很樂意照我的話做。「那我們要扮什麼呢？」

工作人員讓我挑造型，我挑了國王和皇后，因為我覺得皇后的晚裝最豪華最漂亮，平時一定沒機會穿。

拍這種造型照很笨，但我今晚想他陪我笨一次。

唯一一次，也是最後一次。

說是專業造型照，當然其實只是很兒戲地在外面披一件戲服就成了，不會化妝弄頭髮什麼的。我們一起在更衣室由專人協助穿上戲服，助手姐姐幫我穿，攝影師大哥幫他穿。助手姐姐替我綁蝴蝶結時我不能動彈，就杵在那裡呆呆盯著楊皓看。沒想到這麼滑稽的戲服穿在他身上，不旦不覺得怪，而且還一副很英氣凜然的樣子。

站到攝影棚去，攝影大哥在我們身後拉下了一塊背景布，然後便跑回原位準備攝影機。我的肩很窄，無論怎麼拉，衣服總沿著肩頭往下滑。正式要拍的時候，攝影大哥也發現了這問題，停了下來，對我說：「肩頭兩邊，麻煩往上拉一下！」助手姐姐因為剛去推銷另一個客人，沒有聽見。楊皓主動把我的身子扳過來，面向他，他很細心地幫我左拉一下右拉一下，用心觀察兩邊的平衡，還替我撥好了頭髮。我感覺到他的力度，嗅到他的氣息，心為此一直怦怦跳個不停。

他願意幫我把衣服整理好這種對小事情的認真，讓我受寵若驚。我們還差兩個小時就要跟愛情絕緣了，但他現在的表現卻像是我一輩子的夫君。

說起來，他就是這樣一個隨時能帶來奇蹟的人，跟他一起的每分每秒都有不可思議的感覺，沒有一件事是理所當然的。

我很喜歡這張照片，但照片只有一張，我堅持要他留著。

「不是妳說要拍照的嗎？」

「我不是要照片，我只想穿上那件戲服而已。」我笑著說。

他說想回老家一趟。

他的家在半山，對我這種普通人家來說，大得超乎想像。三層式的洋房，前院就靠在崖邊，前面是一望無際的大海。現在裡面沒有燈火，嗅不到任何人生活的氣息。

「已經沒有人住了，我們這邊走，這裡有個缺口，小時候我常常從那裡鑽回家去。」他說。啊！原來他也是個有童年的人呢！我這種想法說出來或者很白癡，不過他真的從沒跟我提過他的童年。

他帶我來到前院圍牆邊，果然有一個洞，剛巧被野草遮住洞口。「小孩子才鑽得進去吧！你都長這麼大啦！」我笑道。

「只是看上去小，靈活一點的話還是可以通過的，試試看吧！」他蹲下來，很快便整個人穿到洞外面去了。我把手伸過去，他握住了我的手，我彎下腰，像他剛才一樣穿了過去。我拍拍衣服上的沙塵，笑著說：「這樣潛進來，會不會不太好？」

「是我老爸的屋，有什麼關係？我只是沒帶鑰匙，也遲了回家而已。」

他拉著我站起來。前院很廣闊，但是花圃和灌木林都一副很久沒人打理的樣子，遍地是枯葉斷枝。我從沒見過這麼大這麼黑這麼深的海。

「遲太多年了吧？」我笑說：「你爸搬哪裡去了？」

他沒有回答我，逕自往海的方向走去。我以為他只會停在欄柵前，沒想到他會跨出去，畢竟再往前走十步八步就是崖邊了，我看他沒有慢下腳步的意思，忍不住叫道：「小心！別再走了！」

他回頭望我，笑笑，向我招手說：「妳也過來嘛！這裡很涼快啊！」

已經是這麼冷的冬天了，還談什麼涼不涼快呢？我沒好氣地跟上去，小心翼翼地跨過欄柵。

他在最前面的一塊大石上坐了下來，讓出了半個身體的空間給我，但我不敢走過去。

「我站在這裡好了。」我聲音都發顫了，因為看到下面有多高。

「別怕啊！妳來吧！這裡看風景很漂亮的，這些年都沒有改變啊！」

「很冷。」我說，在天不怕地不怕的楊皓面前，我不想承認自己畏高。

他走過來。「妳真的在發抖呢。」他轉身站在我面前，小聲說：「我為妳擋風。」

我很感動，而且覺得安全多了。

「其實我不冷，我怕。」我小聲說。

他轉過身，面向著我。

「我不知道妳是畏高的。」

「你從沒了解我多少。」我很驕傲地笑著說。

「我回來就是想更了解妳。」

我把臉別到另一邊，回味著他的話，嘴巴卻說：「太遲了。」

他苦笑著說：「十二時之前求求妳不要說殘忍的話。」

我笑笑，現在可以鼓起勇氣了，我逕自走到大石上坐下。

「好累哦！」我搥搥自己的膝蓋說，舒服地吁了口氣。

今天走太多路了。可是，真的好開心。

他挨著我的肩坐了下來。

「以前爸爸在這個花園給我開生日派對，那年我八歲吧！」他回頭指了指我們後面現在死氣沉沉的花園。「他請了很多達官貴人來，我看見女人就問人家，是不是我的媽媽，把我爸氣死了！」

我笑了。「沒想到你這麼頑皮啊。」

「被罵的時候，我就愛坐在這裡。」他拍了拍我們坐著的大石頭。

沒想到今天我會跟他一起坐在這裡。

楊皓是真的改變了。他變開朗了，願意分享自己的事，而且細心了很多。

「我爸兩年前去世了。」他忽然說。

「噢。」我沒想到，更沒想到的是他會這麼哀傷。

「我沒想到自己會那麼難過。」他卻是笑著說的：「我做這麼多事給他看，他卻死了，怎麼搞的？」

我看著他的側臉，然後看著他的手。

「這些疤痕我從前沒見過的。」我問他。

「呃？」他聽我問起這些疤痕，想起了什麼開心的事似的，笑逐顏開，說：「這是我在南非當企鵝義工的時候，被企鵝寶寶咬的啊！」

「南非怎麼會有企鵝？企鵝不是在南極的嗎？」

「也不一定的，氣候暖化，水流改變之類，也會令企鵝迷路，另外那邊還有一種叫斑嘴環企鵝的，牠體形較小，走起路來左搖右擺的，很可愛啊。」他舉起雙手，學著牠們左右搖擺，我不禁笑了，他的話令我聽得入迷，他繼續說：「我們也負責拯救油污事件中受傷的企鵝，遇上企鵝寶寶出生，還要幫忙照顧，這些傷痕就是餵食的時候造成的，也不能怪牠們，被人強行撐開嘴巴也不好受，對不對？」

「嗯。」我笑著點點頭。「很好玩似的，再說來聽聽嘛！這幾年你還做了什麼？」

然後他說到在中國大西北幫人開井、教人養牛的事，還有在農村教書的事、在長江流域做觀察研究的事，還有到伊拉克戰場幫一個國際志願組織派發人道物資的事，最後他還說到遇上悍匪，開槍搏擊的事……

「真的嗎？」我大叫起來，真的太可怕了。

他定睛望著我，本來沉重的臉，換成了促狹成功的狡猾笑容。

「騙妳的！」

「什麼？」他說得有模有樣的，我已經照單全收了。

「哪有這麼誇張？」他笑起來，我也忍不住笑。

「我真的沒想過你會撒謊。」我吁了口氣，坦白說。

「是嗎？」

「你總是一臉認真的，一副奮進青年的模樣。」

「我有嗎？」他難以置信地說。

「你是的！」我很堅持。「你總是讓我很難受，你讓我覺得自己很渺小。」

他無奈地搖搖頭，自嘲地笑著說：「那時候我太急著做太多事，現在才知道，有很多事情是一輩子也做不完的。」

「那麼說，你也很渺小啊？」

「那當然。」他若有所思地望著我說：「有些東西是我這輩子不能錯過的。」

我知道他說的是我，他這麼想我很意外。

「我不會說這些年我一直想念妳。」他雖然笑著，但無減他的認真。「我也不會說我從沒忘記妳。這些年我經歷了很多事，妳也一樣吧！但上次當我回來再跟妳相處，我發現我想要的是更多，我知道我或者回來得太遲了，但如果我不說，我知道我一定會後悔。」

「你從不讓你自己後悔，」我說得咬牙切齒。「因為你自私。」

他沉默地望著我的眼睛，收起了笑容。

「你為什麼不能閉上嘴巴，為了別人的幸福隱藏自己的情感呢？」我發覺我是在責怪他了，雖然心裡明明在感謝他。「愛情跟你的夢想不一樣，不是勇往直前，就可以達到目標的。」

他呆了好一會兒，才小聲說：「我不知道這種事。」

我把臉轉開去，靜靜地看海、聽海。

忽然想到，我們坐著的這塊石頭，是什麼時候滾到這裡來的呢？它在這裡，我們在這裡，這一切又巧合又神秘。

已經回不去嗎？這一切不可能這麼沒意思地結束的，我多不甘心。

「再坐一會兒吧！」他說。

我提起手，想看手錶。

「不要看吧！」他卻說：「給我。」

「呃？」

他捉著我的手，把我的手錶脫了下來。

「幹啥？」我笑著問。

他把自己的手錶也脫下來，彎下腰，用手指撥開地上的沙泥，要把兩支手錶都埋進去。

「這樣誰也看不了。」他笑著說。

「哎！停手！」我笑著阻止他，怪叫起來。「這手錶可是新買的，很貴的啊！還是白色的呢！你這樣會把它弄髒的！」

他不理我反對，把沙泥直往手錶上面撥。

我不得不離開石頭，蹲下來，兩個人四隻手在沙地上角力。

我贏不過他，索性用沾滿泥巴的手，往他臉上推，他也不甘示弱，也用手撥開我的臉，要把我推開。我們小孩子一樣一邊笑罵一邊叫囂。末了，累了的時候我們坐在地上直喘氣。我輸了，兩支手錶已經被沙粒埋住了。

「你看你把我的臉弄得多髒！」我笑著說。

他的手指緩緩向我的臉龐伸過來，想幫我抹走臉上的泥巴。「紀晨。」他小聲喚我。我心給扎了一下，很自然地往他靠過去。「紀晨。」他什麼都沒說，只溫柔地呼喚我的名字。我也想喚他，我也想吻他，他比以前更加讓我著迷。這時候，生硬的響鬧聲卻在空氣中傳開來，打斷了我們。

是他的手錶在響。

已經十二時了，我們都想起了今晚預設好的規條。

「真的已經結束了嗎？」他很傷心地問我。

我想說還沒有結束，只要我不想結束，便不必結束了。

但我卻說：「別問我，問時間，如果要怪誰，就怪它。」

他突然彎下腰，把他的手錶挖出來，他站起來，舉起手，把手錶用力往山下擲去。

「你幹什麼？」我大叫。

手錶的鬧鈴聲漸漸減弱，最後完全消失了。

「看！它停了！」他笑說：「我讓時間停止了！」

我先是吃驚，然後忍不住沒好氣地笑起來。

太賴皮了吧。

他踏前來，把我從石上拉起身，然後深深地吻了我。

回憶裡跟他戀愛的種種霎時全部湧進腦海中，跟他接吻的感覺一點也不陌生。

我覺得可以一直吻下去，有這種感覺的時候，我連忙抽身。

「你變了很多，但你還是一樣懂得吻女孩。」我不得不承認。

「只因為妳是同一個女孩而已。」

「你知道你剛才有多危險嗎？如果我稍一拒絕，可能就把你推下崖了，你知道我畏高，害怕起來的時候，或者會控制不住自己的啊。」

「我知道妳不會拒絕。」他用鼻子碰了我的鼻子一下。「我就是知道。」

「我好討厭你。」我卻皺起鼻子說。

「這個我也知道。」

「你不懂，你想要什麼，就去爭取，然後就得到了……」我搖搖頭。「太容易了！太便宜你了！這樣不公平！」

「告訴我有什麼是公平的？」

「你該受到懲罰，你該被拒絕。」

他用受盡煎熬的眼神望著我，彷彿不敢相信我會說出這麼惡毒的話。

我彎腰，撥開泥土，把自己的手錶挖出來。

「對不起，我的時間還在行走，我得說再見了。」

不懂得愛人，卻懂得吻人的男人，最危險。

過了十二時還賴著不肯走的灰姑娘，只會出醜而已。

那個吻，就是我最後留給他的玻璃鞋。

楊皓說行動順利的話，下個週末可以回來，我們可以相約吃飯。我打電話跟小蓓、阿麥，還有另外比較相熟的舊同學約好。可是那一晚，楊皓卻沒有出現，而電話也聯絡不上他。

「現在幾點了？」小蓓問我，她執起我的手，隨即怪叫起來：「妳的手錶為什麼這麼髒？」

上次楊皓把手錶埋在沙泥下，現在上面沾滿了泥巴，好幾次我想把它抹乾淨，但這是那夜發生過的唯一證據，好幾次我拿起抹布但又捨不得動手。我把戴著錶的那隻手收起來，說：「我留了口信，說不定他很快會回覆我的。」

「不如找找 Gary，聽說他們一起工作，我有他電話。」阿麥說，我不想跟那個 Gary 說話，便由阿麥去問。阿麥出去打電話時，小蓓小聲對我說：「楊皓到底是什麼意思啊？真的是他說要聚會的嗎？他這個人就是愛讓別人等！」

我聽了這話很難受，但仍說：「算了吧！或者他有急事來不了。」

「只有他的事情才重要嗎？只有他的時間才寶貴嗎？」小蓓還是嗔道，她就是不饒人。

阿麥回來，神色有點凝重地說：「楊皓在行動中出了意外，現在在醫院。」

「什麼？」我低叫。

「聽說今天下午剛做了手術，現在還沒有醒過來。」阿麥補充道。

小蓓為了剛才責怪楊皓，露出很愧疚的表情。

「好像很嚴重的樣子哦。」一個女同學說。

「要不要去醫院探望他？」

「或者明天下班我們再相約一起去看他吧！」

「就那樣說定。」他們異口同聲說。

我看著他們的臉，心亂如麻，明天下班？會不會太遲了？

這天晚上，我都快要回到家門前了，還是毅然轉身趕到醫院去。

這麼晚了，他病房外的走廊上，還擠著幾個人，一個醫生和兩個護士，正跟一位中年女人在焦急地談著什麼。

「他剛做過手術，怎可以就這樣離開？」中年女人很生氣地說，她一頭鬈髮，身形略胖，很有大將之風，雖然很焦慮，但半點不徬徨。

「我們已在找他了，說不定他只是到附近逛逛而已。」醫生對其中一個護士說：「餐廳找過沒有？」

「找過了，沒有。」護士搖搖頭。

「跟西翼報告一下有失蹤病人吧。」醫生說，護士便走開了。

「請問……」我忍不住開口問：「楊皓是不是在這病房？」

幾個人看了看我，只面面相覷，最後還是那位女士回答我：「妳是他朋友？」

「嗯。」我點點頭。「他沒事吧？」

「他不見了。」

「什麼？」

「他擅自離院，我們都在找他。」

我還不太了解情況，我只是想見到他而已，為什麼他要跑掉呢？

我一臉無知地問：「這樣可以嗎？他是不是受了傷？」

「這樣跑掉當然不好，我們還要為他做很多檢查。」醫生說。

「為什麼會發生這種事的啊？」我更加擔心他了。

「妳是？」女士問我。

「我叫文紀晨，是楊皓在美國的大學同學。」這樣對外人解釋最簡單了。

「紀晨！」突然有人從後喚我，向我們走過來的，是久違了的 Gary。

Gary 現在沒有戴眼鏡，髮型也改變了。或者是我對他有偏見，不管怎麼說，一看就有在模仿楊皓的感覺。

「很久不見了。」他走過來笑著對我說。

「嗨。」這不是敘舊的場合，我只客套地應了一聲。

女士掏出一張卡片遞給我，原來是楊皓所屬組織的中國區總幹事，她姓蔣。

她對我解釋：「捕鯨船蓄意撞向我們的船，當時在船尾的阿皓和 Gary 都差點掉進海裡去，Gary 抓住了船尾的木板，但他抓不住阿皓，所以他掉進水裡，頭部不知被什麼擊中了，幸好我們及時把他撈了起來，他之後就一直昏迷。」

「噢！」我掩住了嘴巴。

那麼說，楊皓差點就死了。

差一點，他就已經永永遠遠地離開了我。

我是非要見到他不可的，我後悔上次說的所有話，我沒有好好說每一句話，我應該要想得更仔細一些。

「我……有沒有什麼可以幫忙？」

「那如果楊皓會找舊同學的話，請妳告訴我們。」

「好的。」我點點頭，卻一點把握都沒有。我也留下了自己的聯絡方法，請她找到他的話無論如何要告訴我。

「紀晨？」誠仁拿著剛才我給他的文件夾走到我身邊，我正在補發幾個今早錯發了的電郵。他笑著說：「這不是我要的文件呢！」

「啊！對不起。」我打開文件夾瞧了一眼。唉！今天沒有一件事是做對的。

「這個才對。」我把另一個文件夾跟他交換。

「有什麼事嗎？妳今天好像很心不在焉呢。」

我抬頭望著他，楊皓的事，我也想過告訴誠仁的，但現在他也察覺到了，我又不想他知道有另一個男人可以如斯影響我的心情，所以只能祕而不宣。

「沒事，只是有點累。」我低下頭說。

「早點下班吧。」誠仁說：「我今晚要把工作趕完，不能送妳回家了。」

「沒關係。」我疲憊地笑了笑說。

誠仁很快地摸了摸我的頭，沒有再說什麼，轉身回去。

下班的時候在下大雨，我沒有帶傘，一個女同事好心跟我一起打傘。

「紀晨，妳看，那邊有個怪人。」她忽然指著噴水池的方向說。「那個頭紮著繃帶的男人，怎麼坐在這裡淋雨呢！」

我循她指的地方望去，訝然發現坐在那裡的人就是楊皓。

「是我認識的。」我連忙說，離開了她的傘，回頭對她叫道：「妳不用管我，妳走吧！」

「紀晨？」她喚了我一聲，我什麼也不管就冒雨往楊皓那邊跑去。

我來到楊皓跟前，渾身都沾上了水滴。但楊皓比我淋得更濕，他整個人已經跟雨水融為一體了。

「你為什麼會在這裡的？」我關切地問他。「你在這裡多久了？」

彷彿聽到我的聲音才確定我的存在一樣，楊皓抬起頭，他平時總是很有神的眼睛現在失去了光芒，臉色很壞，唇很蒼白。他沒有站起來，什麼都沒說，只是很倦很倦地把身子靠向我，把頭挨到我的肚子上，然後他把我整個人緊緊抱住。

我被他這舉動嚇了一跳，但很快又完全接納了他。我懷裡的楊皓在隱隱哆嗦著，我想起了他的擁抱。他抱過我很多次，但從來沒有這樣子的。

剛才的女同事一定把這一切看在眼裡了。我抬頭，更讓我內心掙扎的，是誠仁的身影。說要很晚才離開的誠仁，現在就站在公司門外，他手裡拿著兩把傘，正直直地望著我。

誠仁一定是打算追上來給我雨傘吧？

但我不忍心放開楊皓，他是那樣拚死拚活地摟著我，像個小孩子一樣。他從來沒有像現在這樣需要我。

我閉上眼睛，不再去看誠仁。但我知道，我無法阻止他看我。

我就這樣任由楊皓摟住我，不知過了多久，我們誰都沒有再說一句話。漸漸，我已經跟楊皓一樣全身濕透了，寒冷的感覺刺進了骨髓。沒有一個人敢上前打擾我們，這就是此刻我們身上共同散發的氛圍。雖然腦中一片混亂，冬雨的氣息卻令我異常地清醒。我第一次感到下雨真好，下雨讓我們不用哭。

「嗯，他沒事，我扶他回家了，妳先別來，他情緒不太好，我先讓他安頓下來，再叫他回醫院吧！」我打電話給楊皓所屬組織的總幹事蔣女士，她沒想過我會找到楊皓，喜出望外，語氣立即變得很隨和。我感覺到她像個母親一樣，很疼楊皓。

楊皓現在躺在床上，他已經換過了乾爽清潔的衣服，但頭上的綳帶還沒有換。我掛了電話，到廚房去替他燒些熱水。

楊皓來香港後，我沒來過他的家。租住了才沒多久的地方，找不到一點家的感覺。廚房是顯然沒有使用過，冷冷冰冰的，冰箱裡空空如也，廚櫃裡只有一個茶壺，兩只杯子、一只大碗、兩支塑膠叉，燒鍋煎鍋都沒有。他不屬於任何地方，但他現在在這裡，在我身邊，他受傷了，再也飛不動了。他從來不需要任何人，但他現在需要我。我等了這麼久，就算是苦果，我都要親嘗。

我坐在床沿，替他把頭上濕透了的綳帶解下來，那上面有化開了的點點血跡。剃了頭髮的地方，那手術後的疤痕讓我觸目驚心。

「真的不要回醫院去嗎？」我小聲問，我已經問過好幾遍。

「不。」每次他都很決絕地說。

我嘆了口氣，說：「我不知道自己做不做得來哦。」

「我信妳。」

我仔細地把繃帶剪好，一圈又一圈地往他頭上包好。

「痛不痛？」我小聲問。

「不比手術的時候痛。」他卻說。

「包好了。」我謹慎地打了個結，微笑地望著他說：「手術的時候怎麼會痛？有麻醉藥的嘛。」

楊皓伸出手，把我雙手都緊緊握住，我只得坐下來面對面看著他，等他說話，他把我的手握得有點發白了。

「麻醉藥失效，我什麼都感覺得到。」

我吃了一驚，說不出話來。

「他們怎樣割開我的頭皮，在那裡面掏掏找找的，針線穿過皮肉，我什麼都感覺到，但我沒辦法哼一聲，我叫他們停手，但他們聽不到。」他眉頭緊皺，表情十分痛苦。「無論如何我不會再進醫院去。」

「怎麼會這樣的？」我聽說過這種事，我知道會有麻醉藥失效的情況，但沒想過會發生在他身上。

「他是故意的。」他忽然說。

「誰？」

「Gary，他本來可以捉緊我，但他放了手。」他抬起頭來，一臉茫然。

「我真的不明白，他為什麼想我死。」

我腦後一陣麻痹，太殘忍了，我不敢相信我認識的任何人會做得出這種事。

他一直把 Gary 當成盟友，Gary 卻恨不得他死，危機來了，不但沒伸出援手，還往他踩上一腳。

可是昨天見到 Gary 的時候，他還一臉關心的模樣。

我腦裡閃過一抹念頭，但我不敢想下去。

不會是因為我吧？

「紀晨，手術中，痛苦的時候，我以為自己會死，我以為不會再有張開眼睛的機會，我怕再也見不到妳。」

所以他離開醫院後，第一個要找的人是我。

我很感動，又很心疼。

我覺得對不起他。

他受到懲罰了，我的詛咒靈驗了，我難以相信自己那天竟能詛咒他。

他以渴切的眼神望著我。「妳可不可以不要走？」

「不要走？」我幽幽地反問他：「這次，你要我留多久？」

「直至妳不再愛我的時候。」

他知道我對他仍然有感覺的，我們都心知肚明。

他知道我無法拒絕他，他總是對自己的影響力很有自信。

其實，自我閉上眼睛，不去看誠仁那一刻開始，我就哪裡都不想去了。

我想去的只有一個地方，那便是我們未完成的過去，我想走完那條被逼中斷的路，這是我一生中唯一的機會，讓我那段最珍重卻無疾而終的愛戀，得到百分之百的完全。

即使我會受千夫所指，即使迎接我的是斷崖，我無法抵擋那份誘惑。

第十章　負心

負心！
我從來沒想過這兩個字可以用在自己身上。
我以為只要認真地愛人，全情投入，
就不可能會辜負任何人。

整天誠仁試著走過來，想跟我好好說話，但我都說有要事在身趕著離開。起初他並沒有任何責怪我的表情，只是好像平常一樣，臉帶微笑溫柔地喚我。

但幾次之後，誠仁已經不能再心平氣和了。他就是再懂得收斂情緒，對於我的逃避最終還是會覺得不耐煩的。

終於在茶水間，我被他逮住了。

本來也在茶水間的女同事，看見誠仁氣沖沖地闖進來，大概也了解到是怎麼一回事，幾乎被他的氣勢懾住似的，急步欠身離開。

畢竟假裝昨晚的事情沒發生過的人，全公司只有我而已。

誠仁砰地一聲關上門，他那嚴厲的視線盯得我的臉直發疼。

「為什麼要避開我？」誠仁壓抑著嗓音問，我從來沒見過他這樣生氣的。

「哪有。」我還死口不認，我不懂得應付這個場面，誠仁發怒，原來會讓我這麼手足無措。彷彿今天才知道，原來誠仁也可以用這種語氣對我說話。

「我都看見了。」誠仁嘸了一口氣，仍然試圖保持冷靜地說：「妳是不是該告訴我到底是怎麼回事？」

我別過了臉，咬住下唇，不知從何說起。

「昨晚我去過妳家找妳，妳媽說妳整晚沒回去。」

「我只是晚了點回去，她不知道而已……」

「妳還穿著昨天的衣服！」誠仁淒然地說。

是的，我無話可說了。我不知道自己為什麼要撒謊，既然答應了楊皓，再說什麼，都無法讓誠仁好過一點的。

「到底我們之間發生了什麼事？」誠仁又問。

「我不知道，我很亂。」其實我還沒有立定決心。

「他是誰？」

我只能如實說了。「他是我以前在美國的男朋友，最近才回來的。」

誠仁深呼吸了一口氣，好一會兒沒有辦法接下去，只是痛苦地望著我。

「為什麼從來沒聽妳說過？」他的聲音啞了。

「我……」

「妳是不是不想跟我一起了？」誠仁截住了我的話。

「誠仁！」我求他不要再說了。「我現在……他剛受了嚴重的創傷，他很需要我，我沒有辦法放下他，任他顫抖著活下去，我跟他之間也有很多事沒有結束……」

誠仁臉上已經看不出任何情緒了，我知道自己的話很無稽。

由始至終，是我自己不捨得結束。

「我並不是不喜歡你了，但是，這樣下去的話，對你很不公平……」我開始胡言亂語。「況且你既然答應過 Cecelia，或者你試試跟她一起……」

「妳到底在說什麼？」誠仁喝止了我。

啊！是啊！我到底在說什麼？

難道我竟然想成為操縱一切的人嗎？我無權為了自己的方便，干預別人的感情。

「這麼刺人的說話妳居然可以說得那麼輕鬆！」誠仁皺著眉，苦澀地笑了起來。「如果妳要跟我分開，就說愛的不是我吧，幹嘛推到她身上呢？我根本不會跟她一起！妳不要給自己的負心找個漂亮的藉口，沒有人需要妳來成全，不是妳喜歡怎樣安排便怎樣安排的！」

「對不起！」我低叫。「我只是太亂了，我……」

「簡直不知所謂。」誠仁悻悻然丟下這一句，便轉身開門離去。

負心！我從來沒想過這兩個字可以用在自己身上。

我以為只要認真地愛人，全情投入，就不可能會辜負任何人。

誠仁叫我要學會拒絕別人，但我從沒想過到頭來要拒絕的是他。

我已經不是他愛的那個女孩了，是我一手破壞了這一切。

我必須承認誠實有時候也是一種幼稚，我竟然以為可以把我心的煩亂拿出來跟誠仁坦白討論。誠仁罵得沒錯，我簡直不知所謂，我真是幼稚到不行。

好幾天沒有再在公司見到誠仁一面，我以為是他不想見我之故，沒想到小蓓一天在吃午飯的時候告訴我，誠仁被解僱了。

「為什麼會這樣的？」我大吃一驚，仔細一想，其實心裡有數。

「妳也不知道嗎？」小蓓比我還意外，她還不知道我跟楊皓復合的事，我不敢告訴她，她一定第一個把我罵個狗血淋頭。

「誠仁工作表現一向很好啊！」我只能說。「妳肯定是解僱，不是辭職？」

「絕對是解僱！」小蓓壓低了聲音說：「而且聽說老闆不肯給他發推薦信之餘，還到處對同行說他的壞話！」

「多久了？我完全不知道……」

「妳最近怎麼了？誠仁怎可能沒告訴妳？只要稍微留意一點，就看見到處流傳的電郵了，是老闆向同行其他公司老闆發出的私郵，不知何時開始傳開來了，誰都沒想到老闆會這樣對施誠仁啊！」

「誠仁今天還在嗎？」我站起來，飯一口都沒吃過。

小蓓怔怔地望著我，恍然大悟地問：「你們……有什麼事沒告訴我吧？」

「我遲些再告訴妳。」我很心急。

「他還在吧……不過今天該是最後一天了。」

我連忙跑回辦公室去，誠仁的桌面收拾得乾乾淨淨，但他人卻不在位子上，他已經走了嗎？

我回到自己的座位上，連忙在電腦搜索這幾天我沒看過的電郵。最近我的生活一片混亂，根本沒有心情看一些無謂的電郵。

找到了！David的電郵的內容幾乎是警告其他人不要僱用誠仁的意思，他把誠仁的工作表現和辦事態度寫得不可能再差了，任何跟誠仁交往過的人，都深知誠仁絕對不是那樣子的！

我很生氣，我才剛讓他傷了心，我沒法想像誠仁看到這些不實指控時會有多失望，他現在一定覺得腹背受敵，誠仁一直對誰都這麼好，他不該受這種欺侮的。

我忍不住衝進 David 的房間，他正在若無其事地看文件，看見我無禮地闖進來，一副大興問罪之師的表情，雖說有點意外，但是心知肚明的樣子。

我們也不關就大聲說：「誠仁以前怎樣幫你啊，你現在這樣說他？」

David 抿住唇盯著我，平常我看到他這個很有威嚴的表情，一定立即閉上嘴巴，但我見過他傷心的模樣，我知道他只是虛張聲勢而已，或許我不能給誠仁討回公道，但至少要揭破他！

「你分明是公報私仇！誠仁沒有做錯任何事！你被玩弄了感情，自己面子過不去，就濫用權力欺侮他！你這樣是誹謗！」

「妳說夠了沒有？」David 惱羞成怒，臉氣得又紅又青，但還是故作淡定地說：「給我出去！」

我知道自己罵下去也沒有用，正要轉身走的時候，發現誠仁原來就站在我背後。

誠仁一手提著公事包，一手捧著一個紙箱，裡面有他的畫冊，還有我送他的彩色鉛筆。

誠仁跟我點點頭，越過我走進 David 的房間裡，向他遞了一封信，什麼也沒說便離開。

誠仁走向電梯間，我不理其他同事的目光，急步追上去。

他在電梯前站定了等待。「誠仁！」我喚他，他回過頭來，他對我微笑。

好久沒跟他說過話似的，我一時間無法言語。我在他事業失意的時候離棄他，我以為他一定很氣我，至少一定心情很毛躁吧？沒想到他還對我微笑。

「我都聽到了，沒想到紀晨還會為我這麼生氣。」

誠仁還好像很開心似的。

「你為什麼不生氣？他傷害了你！」我不明白，替他不值。

「並不是每個人都可以傷害我的。」誠仁望著我，若有所思地說。

我呆住了，我明白誠仁的意思。

我是可以傷害他的少數人，甚至可能是唯一一個，我並沒有加倍小心，還真的對他施以傷害。

說穿了，我跟濫用權力傷害誠仁的老闆都是一樣的，我比他還要更卑鄙。

我啞口無言，Cecelia 突然從裡面衝出來，她似乎也是為追上誠仁而跑過來的，她邊跑邊叫著：「誠仁！有好消息！唐先生剛打電話告訴我，他說很有興趣跟你合作！」Cecelia 這時才看見我，稍微頓了一下，但她還是難掩臉上興奮的神色。

我抿住唇，什麼也沒說，識趣地離開，向自己的座位走去。

誠仁沒有叫住我，我可以聽到 Cecelia 立即興高采烈地跟他討論發展大計。

在這個時刻，Cecelia 在誠仁身邊給他最大的鼓勵，用實質的行動幫他找出路。是我自己錯過了機會，誠仁不再挽留我，合情也合理。

這天晚上，下班的時候，我向 Cecelia 遞了辭職信。

她半句話也沒多問，就接納了我的請辭。

一個人沒法把所有的一切都守護住，有時候必須要做抉擇。

我無法忍受失落了誠仁的地方，正如我無法不去填補楊皓留在我生命裡的空隙一樣。

這天晚上，誠仁打電話給我。

「紀晨，我等妳，這樣好嗎？」

就是這天，誠仁對我說了那句讓我匪夷所思、卻又戀戀不忘的話。

第十一章　只是小事情

他說：「我愛妳……我愛妳……」然後不斷重複著這一句，
一聲比一聲用情更深，
彷彿要把過去欠我的情話都全部償還。

白色的氣象氣球愈飄愈高，在半空中看上去已經跟普通的氣球沒兩樣了。

陽光很耀眼，我必須用手遮住眼睛，擋住陽光，才可以一直抬頭目送它飛上天。

「現在這樣不是很好嗎？」末了我笑著說。

「一點也不好。」楊皓卻回答道。

跟他復合之後，我一直感覺不到他有多開心。

最近他被組織安排留在家裡工作，每天在屋頂放氣象氣球，收集大氣中的各種數據。我不清楚為什麼有這樣的改變，但倒覺得這樣的工作安排很不錯，剛辭了工作的我，這便可以經常見到他了，不過他好像覺得這樣每天留在家裡很無聊。

他的組織還為此加建了天台屋，並在裡面添置了電腦儀器，方便他工作。我很感興趣地看他分析數據，哪知他忽然問我：「他是一個怎樣的人？」

「欸？誰？」我不明所以。

「妳的男朋友。」他住了手，回頭問我。

我心裡一凜，不懂他腦子裡在想什麼。

「我的男朋友不就是你嘛……」我還嘻皮笑臉的說。

「他幹什麼的？」他不理我，硬是要問。

我好艱難才令自己不要再想誠仁了，他為什麼要在意呢？

「他是我公司的時裝設計師。」我只好說。

「他對妳好嗎？」沒想到他繼續問。

「很好。」

「他是個怎樣的人？」

我望著他的臉，看不到任何情緒，他不是在吃醋，也不是憤怒，好像單純想知道更多，但單單是這樣，就令我心情毛躁起來。

「他是個溫柔的人，他是個有藝術性和知性的人，他不必要人關心自己，但他很會照顧人，他是個永遠不會把不快樂傳染開去的人……」是他逼我說的，我聲音都顫了。「他是個能給別人幸福的人。」

楊皓聽了只靜靜望著我，眉頭終於輕輕皺了起來，卻笑著說：「聽起來很完美。」

「是的。」

「那妳為什麼要放棄他？」

他這是明知故問，我幾乎被他氣瘋了。

「因為我不配。」

門鈴響了起來。

可以聽到郵差的叫聲：「有人在嗎？」

「我去收信。」我丟下一句，便頭也不回地下樓去。

楊皓啊！你到底想我怎樣？

掛號信是南非寄來的，我拆開一看，原來是我之前認養的小企鵝的照片，是那裡的企鵝保育中心寄來的。看到初生的咖啡色小企鵝一身毛茸茸的樣子，剛才的怒火不禁全消了，真想立即轉身跑回頂樓給楊皓看看，相信他一定也會很高興的。

說起來，他最近真的很少笑呢。

郵差離去，我正要關門，沒想到門後卻出現了兩個訪客。

是蔣女士和 Gary。

「打擾了。」Gary 笑著說。

我沒望他一眼，只對蔣女士說：「你們找楊皓嗎？我叫他下來……」

「呀，慢著。」蔣女士卻叫住了我，她小聲說：「可以跟妳談談嗎？」

「我？」我不解。

「我們想了解一下楊皓的病情，但他本人是不肯如實相告的。」蔣女士很憂慮的樣子。

「病情？」

「開始的時候，他只是說頭很痛。」

我走到屋外聽蔣女士的話。

「後來我們覺得他好像無法集中精神，性格也變得暴躁了很多，很容易便跟同事起衝突，根本無法與人合作，所以我勸他回家休養，並且安排他做一些輕鬆的文職工作……」

我匪夷所思地望著她，Gary 在她身旁露出痛心惋惜的表情。

「他從來沒跟我說過頭痛。」而且我也不相信楊皓會變得像她所說那樣。

「他連妳也沒講？」蔣女士嘆了口氣，搖了搖頭說：「我們擔心他是手術做不好，或者其他原因，一直叫他去看醫生，但他怎樣也不肯去。」

「是的，這個他很頑固。」

「他還有吃藥嗎？」

「藥？」

「止痛藥。」Gary 插話道：「他發生意外回來後，吃很多止痛藥。」

我茫然搖搖頭，我一次都沒見過。

他們口中說的楊皓，跟我認識的楊皓，到底是不是同一人啊？

「或者他已經戒掉了，那就好。」蔣女士把止痛藥說得像毒品一樣。「我們不打擾了，我猜他應該還不想見到我們。」

「怎麼會呢？他常常說妳對他很好。」這是實話。

蔣女士聽了，很欣慰地點點頭，她握著我的手說：「希望妳明白我們是關心他的。」

「我當然明白。」

「其實我想來跟他道歉。」Gary 忽然說。

「你別傻了，那是意外，你不該自責的。」蔣女士語重心長地對他說。

「我想跟紀晨私下說兩句。」Gary 卻對她說。

她只好跟我揮揮手，先行走遠。

我只望著 Gary 的腳，預備隨時關門的姿態。

我根本不想聽這人的解釋。

「沒錯，我本來是可以捉緊他，但當時情況危急，堅持下去只會兩個人都墮海，所以我才會放手的，我們誰都沒想過他下水後會受傷的。」

「事實是怎樣，你自己才知道。」我冷冷地說。

「這麼久之後，妳還是可以為了他，對我這麼冷淡。」他還厚顏地舊事重提。

「你知道就好。」

我真的要關門了，我怕再磨下去，楊皓會下樓來找我，他一定很不想見到Gary。

Gary 卻擋住了我，不讓我把門關上。

他壓低聲音悻悻然說：「還把他當成英雄的只有妳一個了，現在他不過是個廢人而已！」

噢！這不是報復的宣言是什麼？

「就是只有我一個，總比你一個都沒有好！」

我關上門，從沒學得如此決絕。

他們走後，我在楊皓的房間四下找尋，終於在衣櫥裡的抽屜，找到一大瓶阿斯匹靈止痛藥。

如果不舒服，為什麼不告訴我呢？最近他總是愁眉不展，又問那些古怪的問題，都是因為頭痛影響了心情嗎？

「紀晨。」忽然傳來他喚我的聲音，我連忙把抽屜關上，他剛來到房門邊。

「妳在這裡幹什麼？」他放輕了聲音問我，他大概以為我還為剛才的事生氣。

「我替你挑衣服呀！今晚不是約了小蓓他們吃飯嗎？」我隨手抽了幾件襯衫出來。「差不多要動身了。」

他吁了口氣，現在我更加注意到他蹙起的眉頭了。

「我不去了。」他說。

「為什麼？他們想見的是你啊！你們很久沒見過面了吧……」

「對不起！下次吧！我沒有這個心情。」

沒心情，是他最近的口頭禪。

我把衣服收好，深呼吸了一口氣，笑了起來，說：「好吧，那我也不去了，今晚由我下廚吧！我們兩個在家裡吃！」

他的笑容有點累，但還是令人很窩心。

我相信他遲早會對我坦白的。

我們兩口子手牽手到附近的菜市場買菜，回家後我不讓他進廚房，堅持要由我一個人煮。我煮了簡單的香草汁蛤蜊義大利麵、小黃瓜沙拉，還有牛尾湯、巧克力酥餅和果汁。「謝謝妳為我煮飯。」起初他還很感激我的，這時候我把南非寄來的小企鵝照片遞給他看，他還一看再看，並跟我說到當地的義工會怎樣照顧牠，說話的時候他一直笑得很開心，我開始覺得蔣女士的說法也許是誇張失實了。

於是我對她說：「其實，剛才收信時，蔣小姐和 Gary 來過。」

他霍地把湊到嘴邊的湯匙放了下來。

我很溫柔地問他：「頭痛已經很久了嗎？為什麼沒有好好跟我講？」

「沒事，會好的。」他只是簡短地回答，語氣涼了一截。

「是不是手術做得不好？有看醫生嗎？」

「不要再提那個手術了！」這回他有點凶了。

我頓了頓，還是希望轉告人家的好意：「蔣女士希望你知道他們是很關心你的，目前的工作只是暫時性的，而且很適合你……」

「他們還跟妳說了什麼？」他抬起頭逼視著我。

我來不及答話，他又問：「他們一定說我是個廢人吧？現在誰也想不起我的用處來了！他們還把我丟在這裡，施捨我一個可有可無的差事算什麼？」

他突然站起來，一手把桌上的所有碗盤都掃在地上，丁鈴噹啷響了一陣，玻璃製的東西能碎的都全碎了。然後他手肘放在桌上，雙手抱住頭靜默了好一會，只是呼呼喘著氣。我在他對面嚇得呆在當場，我從沒見過他發這麼大的脾氣。

一定是我說了不該說的話，才把他惹得這麼光火的。我頭腦真的太不靈光，又不夠細心，就是不懂得避重就輕。我不知道可以說什麼，便呆愣愣的離開座位，蹲下身子，把碎片一塊一塊撿起來。

他驀然從後面抱住了我。「對不起。」他啞聲在我耳邊說：「我自己來撿。」

他回復溫柔了，我才懂得害怕，我完全亂了陣腳，把玻璃碎片握在手心，動也不能動，任由他抱住我。

楊皓一定被後遺症折騰得很慘了，如果不是因為我，Gary 就不會那樣報復了，我覺得自己有責任，他發脾氣我一點也不怪他。

這時候電話響了起來，是我的手機。

「我……我去聽。」我說，惘然地站了起來。

「怎麼啦？隨便給我發個口信，就算是推掉我的約會啦？」小蓓大興問罪之師。

我漫無目的地走到屋外的空地，貪婪地吸入新鮮空氣，讓自己定下心神來。

「對不起……」我囁嚅著說。

「怎麼啦？」小蓓聽出我有點奇怪，收起了開玩笑的語氣。「沒什麼事吧？」

「楊皓有點不舒服，我們下次再約吧。」

「我們也很久沒談天了吧？」小蓓嘆了一口氣：「我真不懂妳，忽然把男朋友甩了，把工作辭掉了，想見妳也不容易，妳怎麼回事啦？跟他到深山隱居去了？」

「不是啊……只是……」

「我真不明白妳為什麼會放棄像施誠仁那麼好的男人……」

「小蓓，別說這種話了好嗎？」我現在覺得特別難受。

「我只是替他不值……」連小蓓也為誠仁抱不平，我知道自己的抉擇一定非常不合情理。

「誠仁……他說會等我。」這句話不知何故這時異常清晰地閃過我腦際。

「什麼？」小蓓難以置信地大叫出來。

啊！我為什麼要告訴小蓓這句話？我根本不應該把這句話放在心上！

她見我沉默著，迫不及待問我：「他是說認真的？」

「大概是吧。」我明知是的。

小蓓呼了一口氣，才說：「但願他不是說真的，這件事毫無疑問妳是罪人，他沒可能等妳，也不應該等妳，那樣做天理何在？」

我苦笑起來。「好朋友啊！妳就不能盲目地站在我這邊啊？」

「我只伸張正義！」我知道她罵我就是對我好，我現在已經很不清醒了。

「妳以為自己現在處於優勢？沒有這麼便宜的事，只怕妳遲早會吃大虧。」

「真搞不懂我為什麼不找個老說好話的朋友，而要自討苦吃呢？」

「因為妳根本不在乎自己吃不吃虧啊。」

「是的，小蓓，還是妳最了解我。」

掛斷電話回屋裡去時，我訝然發現楊皓正在散落一地的玻璃碎片中央，一臉茫然地拿起其中一塊，往手臂一下又一下地割去。

「你在幹什麼？」我衝過去抓住他的手，他如夢初醒地望著我。

「你瘋了？你幹嘛要這樣做？」我執起他的手看，殷紅色的血從新鮮的傷痕汩汩流出，可不是鬧著玩的，他是用力割下去的。

「只是小事情，妳不要用這個表情看著我嘛！」他還笑著哄我。「剛才不小心被碎片割傷了手，發現那痛楚竟一時間蓋過了頭痛，於是便又割一下試試看……」他摸了摸我的頭髮，安慰起我來：「我並不是自殘啊！別傻氣！我知道自己在做什麼啊！」

他剛才的表情，我敢斷定他根本不知道自己在做什麼！

我很心疼，看著他的血，我已經覺得很痛很痛了，但他卻情願選擇這個而不要頭痛，看來我是低估了頭痛對他的困擾吧？

「頭痛真的有那麼嚴重嗎？」我問他。

他吁了一口氣，坦白地告訴我：「頭痛讓我每天都很累，根本沒法集中精神……它沒有好轉，也沒有變壞，只是好像永遠都要在這裡而已……」他指了指自己的腦袋。

「求求你看醫生吧。」

「我看過了，但他們說我腦子裡沒有問題，他們說我只是心理作用，但我可以告訴妳，絕對不是。」他用堅定的語氣說完，頓了頓，然後心融化了似的，溫柔地對我說：「妳不要哭嘛……對不起，我把妳弄哭了。」

如果不是他說起，我還沒意識到自己流淚了。

「我只是想知道一件事。」他幽幽地問我：「如果這頭痛一輩子都不離開我，妳會後悔回來我身邊嗎？」

我不要他說這種話，我甚至不容腦裡閃過這種論調的火花。

「只要你坦白告訴我你心裡在想什麼，不要瞞我，我就不會後悔，我再愛上你就是因為你誠實地對我，你明白這對我多重要嗎？」

「對不起。」他用沾血的手臂抱緊了我。

我低聲說：「你知道嗎？你說『對不起』遠遠多過說『我愛妳』。」

「是嗎？」他難以置信地說，然後笑了。

「是的。」

「我愛妳。」他說：「我愛妳……我愛妳……」然後不斷重複著這一句，一聲比一聲用情更深，彷彿要把過去欠我的情話都全部償還，聽起來這句子就像是一首安眠曲，讓我們都能自我催眠，忘記痛楚。

第十二章　我想我們可以幸福

我情願承認自己不要幸福，
也不願承認自己後悔。
人太錯的時候，
會更堅決否認自己犯錯。

「我叫你不要再吃止痛藥了！你到底有沒有聽見我的話？」我握著差不多空空如也的藥丸瓶，向楊皓大吵大鬧。「你昨天吃了多少？你說啊！」

「我沒有辦法，昨天我想把工作做好，我不想為做得不好找藉口。」楊皓皺著眉看我，我發怒的表情一定一點也不美，但我冷靜不下來，我最近變得愈來愈沒有耐性，我沒有犯頭痛，但情緒問題恐怕真的會傳染。

「有用嗎？」我苦笑著問他，手無力地垂了下來。

「沒有用。」

「你明知道沒有用！」我又叫了起來。「你這樣吃下去，跟自殺有什麼分別？」

他抿住唇沒有回答我，還想轉身上樓梯到頂樓去。

我拿起身旁桌上剛才切水果用的銀刀子，學起他來，二話不說就往自己手上割去。

「我要是再發現少一顆，我就這樣割自己一刀！」我說。

皮肉裂開來，痛楚傳進神經的一刻，我居然感到絲絲興奮。

不要說我不了解你的痛！我終於能夠了解了！我感同身受了！

他趕忙跑回來，奪去我手上的刀子，審視了一下我手上的傷勢，我喜歡看他內疚的表情，因為這讓我覺得我們都是罪人，該死的人不再只有我一個。

「妳瘋了！」他抱住我低罵道。

是的，我一定是瘋了。我不知道自己為什麼會做這種事，他已經逼得我無法用常理思考。

「答應我不再濫藥，你先答應我。」我喃喃說。

「我答應妳，我答應妳。」他的手用力地摟緊我的頭顱。

楊皓最近在研究一個計畫，如果被採納，很可能可以擔任項目指揮，像以前一樣遠赴別的地方工作，他把這個機會看得很重，但又憤恨自己未能以最佳狀態證明自己的能力，心情一天比一天壞。他在頂樓的屋子埋首工作的時候，我在樓下上網、翻書，打電話問久未聯絡的舊朋友，到處找治療頭痛的方法，簡直像著了魔一樣。

原來頭部受傷而沒有受到嚴重外傷的話，腦部卻反而可能承受了更大的傷害。有人因此而終生受著頭痛的折磨，而且程度遠比我們一般人所能想像的嚴重。但頭痛也可能毫無徵兆、毫無原因地突然消失。人腦就是這麼高深莫測的一部分。我很擔心他，經常往來他的家，但他對我的存在好像看得愈來愈淡了。

「我覺得可能換洗髮精比較好，會不會是頭皮敏感？」我一想到什麼可能性，馬上跑去對他說，不管那念頭有多荒誕無稽。「我出去買洗髮精，買有機的產品好不好？」我自言自語，也不等他回答，逕自衝到玄關忙亂地穿上鞋子，就跑出門去。有時候我一天煲五、六款中藥湯，他根本碰也不碰。我給他家裡大掃除，我給他換健康枕頭。我索性搬到他家裡，但我們的關係卻反而急轉直下得令人措手不及。我變得很神經質，我們一天吵架幾次，但每次說不要再見到他，跑回家去後，又被那堆舊衣服鋪天蓋地的氣勢懾住，想起跟誠仁在那裡共度的時光，想起他的笑容、他的身影站姿、他頸項的氣味，想知道他現在過得好不好……我不容自己再想下去，於是又跑回楊皓家裡，周而復始地跟他哭著吵罵、笑著擁抱。

「夠了，妳什麼都不要再做了，好嗎？」楊皓看在眼裡早就受不了，他終於忍不住說。

我煮了一盆熱水，扭乾了一條毛巾，把一堆按摩露之類的東西放在他的工作桌上，把他正在看的地圖都蓋住了。

「我替你按摩好不好？聽說熱敷按摩很有效啊！我還特地買了這些按摩露呢！」我笑容滿面地走到他身後，彎下腰來摟住他的脖子。

「紀晨！」他很不耐煩地要鬆開我。

「不要再鬧了，妳沒看見我在工作嗎？」

我把熱毛巾放在他的額頭上，問他：「這樣很舒服吧？會不會有點太熱了？」

「紀晨！」他掙脫我的手，站了起來，他指著門口說：「下去！我什麼都不要妳做，我說過多少次？妳的方法沒有用的！妳去做妳自己的事行不行？」

「為什麼沒有用？怎麼會沒有用？」我還賴著不走。「我沒有自己的事！你不好起來，我就什麼事情都做不了！」我向他走上前去，硬是要碰他的頭，不管自己把他弄得有多煩，還是說：「試試看嘛！一樣不行，我們再試另一樣！不會沒有用的！」

楊皓光火了，他很用力地推開了我。我整個人摔在地上，左邊額頭撞在角几上，瘀了一大片。我吃力地爬起來，疲乏地挨在角几上，哭了起來。

是我逼得他太緊，就是吵得再厲害，他從來不會這樣推我的。

「紀晨！妳沒事吧？」他走過來蹲下，捧起我的臉仔細看。

「我想我們可以幸福，我們不是為了這個才一起的嗎？」我哭著說。

楊皓沉痛地望著我，雙手仍緊握著我的肩頭。

「為什麼會這樣？我沒想過會這樣的……」我喃喃自語。

他看著我，慢慢鬆開了我。

他幽幽地問我：「是妳對我們的愛情期望太高？抑或根本是我破壞了妳本來擁有的幸福？」

我本來擁有的幸福……我本來擁有的幸福……

我重複思索著這一句，也回想起這陣子顛三倒四的生活，忽然覺得不寒而慄。我做了很多事情，把自己弄得很忙，那是因為我始終感覺不到幸福。心裡深處，我根本一直懷疑自己——或者我根本不應該跟楊皓復合，或者我們那時候結束是完全正確的，或者我放棄誠仁是我一輩子最大的損失。我回到楊皓身邊，或者不單單是因為愛，我是為了自找的愧疚心回頭，我是為了幻像一樣的一夜浪漫回頭，我是為了實現未完成的舊夢回頭。因為我們的愛其實是那麼脆弱，一旦我發現它並非完美，它就崩塌潰敗了。我以為這次復合是彌補遺憾的唯一機會，卻不知道會造成更大更沉重的遺憾。

等我站在誠仁家門前，我已經想過了這一切，也明白了一切，但我不了解的是，我為什麼要來到這裡。我並不是想跟誠仁復合，也並不是想請求他的原諒，我只是想站在他跟前，再看他一眼而已。

我站在門前許久，終於鼓起勇氣按下門鈴。

「應該是披薩送到啦！我去開門！」我聽到屋內傳來女聲。沒想到開門的就是個女人，起初我還不認得，或者說不能接受，Cecelia 竟然穿著誠仁的家居短褲，一手開門，一手翻著錢包準備付帳。

她笑得很燦爛，臉上脂粉不施，頭髮凌亂地挽了起來，簡直像是住在這裡的閒逸模樣，兩口子還開開心心叫披薩回家慢慢吃呢！不用誠仁來告訴我，我也知道是怎麼回事了。

Cecelia 抬頭看見竟然是我，而不是披薩外送員，有點吃驚，又有點尷尬，但這些表情都一瞬即逝，她一定想起了我曾經是她下屬。

我跟 Cecelia 對望了數秒，誠仁終於走過來了。他看見是我，也很意外。

「對不起，打擾了。」我說，轉身要走。

我等不及電梯了，推開安全門，沿著樓梯拚命往下跑。

我竟然相信誠仁說，他跟 Cecelia 絕對沒有可能。

誠仁單身，Cecelia 既對他一往情深，而且又在實務上幫到他，他們如果還不趁這時候走在一起，那才應該奇怪呢！

「紀晨！」我背後響起誠仁的聲音。「別跑。」

我想停住，又不敢回頭面對他，倉皇間在樓梯上絆倒了，跌坐了下來。滾燙的眼淚已經在我臉上流個不停，我透不過氣來，我覺得自己很沒用。

「紀晨，妳沒事嗎？」誠仁在我身邊蹲了下來。

這個角度，他吻過我，回憶真讓人受不了。

「妳來找我是不是有什麼事？」他很關心地問我。

他看起來那麼好，而我則活得一塌糊塗，這個誰也看得出來。

「沒事。」我喃喃說，要勉強站起來。

「告訴我是什麼事？」他按著我的肩，硬要我回答，我還不夠丟人現眼嗎？

「不要碰我！」我大叫，他嚇得縮了手。

誠仁似乎想解釋：「我跟她……」

「什麼都不要說。」我抬起手阻止他說下去。

他突然注意到我的臉——

「妳額角的這個傷痕是怎麼回事？」

噢！我完全忘記了自己額上有傷痕，我並不想讓他看見我傷痕累累的樣子，我只是想見見他，我已經見到了，而且他顯然已經把我徹徹底底的放下了——

「求求你就當我沒來過吧！」我淒然說。

我終於扶著欄杆站了起來。我可以想像到，我可以說的每一句話，他都可以用「妳該死」來回答——我像個已經站在斷頭台上的死囚，到了這地步，我在世人眼中已經是帶罪之身了，我還可以說自己是冤枉的嗎？我還有面目為自己辯護嗎？我該死、我該死，除此之外我已經沒有話可說了。

小蓓說阿麥考了遊艇牌照，說週末租遊艇出海開派對慶祝，我本來不想去，但那天早上小蓓和阿麥親自到家裡來接我，硬要把我拉出去。前一晚跟楊皓吵了一場，所以才回到家裡來，不過本來還是打算今天稍晚便回去的。雖然我自己不開心，但阿麥心情看來很好，我不想掃別人的興，只好去了。

阿麥開車去碼頭，我跟小蓓坐在後座。她今天穿一襲灰藍色的花裙子，很含蓄的顏色，但很有格調，我知道說出來她會很開心，便不吝嗇說：「衣服好漂亮啊！哪裡買的？」

「嘻，我就知道妳會說漂亮，我也好喜歡，告訴妳啊！是施誠仁送我的。」她這麼說我吃了一驚，小蓓倒說得若無其事，不懂得我聽到誠仁的名字會百感交集。「他跟 Cecelia 合夥的時裝店開幕了，他說老朋友舊同事都可以隨便挑一件，免費的！」小蓓說得很豪氣。「紀晨妳也去挑一件吧！妳不知道呢！他現在的設計風格完全不同了！我敢說妳一定會喜歡！」

在駕車的阿麥這時誇張地咳了幾聲，小蓓這才意識到我一直沒有回答，立即識趣地閉上嘴巴。

「妳說吧！我想知道呢！」車廂裡靜默了好一會，我才說：「他開始個人發展了嗎？成績怎樣啊？」

小蓓考慮了一會兒，決定滿足我，把知道的都娓娓告訴我。她說他們幾個舊同事跟誠仁吃過一次晚飯，誠仁現在不止自己設計衣服，還不時親自到國內的廠房監督製作過程，嚴謹得不得了，最近還把個人品牌的衣服放在美國一個時裝網站寄售，雖然初期只是小試牛刀，試賣幾款衣服，沒想到一會兒就賣光了。我知道那個時裝網站，是個相當知名、在時裝界也很有地位的購物網，可不是任何人都可以放衣服上去賣的。「這中間的過程一定很不簡單吧？」末了我只是小聲說，很勉強地微笑了一下。我知道小蓓是故意省略了 Cecelia 的部分的，誠仁本來是個沒有多少野心的人，雖然他很有才華，但如果不是有 Cecelia 參與，他的發展便不可能這麼快速了。我一直垂頭盯著小蓓穿的裙子，心情很晦暗。

來到碼頭我才知道阿麥約了好多人，我忽然有點怯場。我把自己藏起來夠久了，一時間好像不習慣置身在人群中。而且身處的環境一熱鬧起來，我突然就想起楊皓來了。他現在一個人在家嗎？好可憐啊！他會覺得很孤單吧？如果他又胡亂吃止痛藥那怎麼辦？不行！我還是回去看管著他比較好——

「小蓓，我想我還是不上船了。」

「為什麼？」

「我……我會暈船……」

「不行！難得妳來了，舊同事都想見妳，不准再找藉口玩自閉了！」小蓓很嚴厲。

「我駕船很穩定的啊！」阿麥也插話了。

我沒法推搪，只好上船。

我沒想過誠仁也會來，小蓓是存心瞞我的，剛才說了他這麼久，她竟然一句都沒提及誠仁也會來。船開了，我才發現誠仁也在船艙裡，船在海上，想走也走不了。幸好他正被一群舊同事包圍，我連忙逃到船尾，一個人站在圍欄前，背對著所有人。

自從知道誠仁也在附近，我心就跳得好快。我想起自己上次有多失態，不過當想到他現在事業如日中天，這種事情大概不會放在心上的時候，又不禁一陣失落。

「紀晨。」誠仁來到我身邊，我已經沒有哪裡可以逃了。

如果我大方一點，還可以挽回上次的形象。

「嗨。」我微笑著說。這樣跟誠仁打招呼，原來這麼難。

誠仁見我沒走開，寬下心來似的，看著海，靜默了一會兒，然後才說：「上次找我，有什麼事嗎？」

「沒什麼，經過附近，來跟你打個招呼而已。」我明知牽強，還是說了。

「妳是不是有心事？」他眉頭輕皺。「小蓓說妳最近變得很孤僻，妳不開心？」

聽到這一問，我乾巴巴地哈哈笑了幾聲，我沒有回答，轉開了話題說：「小蓓告訴我你事業發展得好好啊！可以在那個美國時裝網站寄售！很厲害啊！很多名人不也在那裡成名嗎？我早說你該自創品牌的！」

「妳瘦了很多，他對妳不好？他對妳怎麼樣？」誠仁卻不管我的話，事業對他來說仍然不值得炫耀，他關心的只是個人的幸福，我的幸福。

男人為什麼就是愛問這個問題，我不想在他們面前貶低任何一方，因為那對我自己同樣是侮辱。

誠仁突然捉住我放在欄杆上的手，風大，把我的闊袖子吹翻了，露出了我手臂上自己弄成的傷疤。

「這傷痕又是怎麼回事？」誠仁很緊張。

「沒事啦！我切東西時自己切傷了而已。」

「怎可能切東西會切到這裡？而且切得這麼長這麼深？」他捉起了我的手，認定了事情沒這麼簡單，他不敢摸那道疤痕，又問我：「還痛不痛？」

「不痛啦。」被他捉緊的手，那力度和溫度，都令我很感動。

這時候我的手機響了起來，我不捨地把手收了回來，拿出電話接聽，是楊皓打給我。他一定奇怪我怎麼這天沒去他家了，我知道他工作時雖然不怎麼理會我，但到底還是在意我的。

我正想聽電話，但誠仁用威迫感很強的語氣問我：「是不是他？」

「呃……是……」我被他的反應唬住了。

沒想到誠仁把電話一把搶了過去，他對楊皓很嚴厲地說：「紀晨現在在我身邊，她身上的傷痕我都看到了，我警告你不要再亂來……」我給嚇了一跳，誠仁統統都誤會了。「你再傷害她的話……」我把電話搶了回來，想跟楊皓解釋，但他咔一聲把電話掛斷了。

「你誤會啦！」我大叫，楊皓現在一定很生氣了。

「他對妳一點也不好！妳為什麼還要留在他身邊？他根本不能給妳幸福！」誠仁彷彿以為我是那種不願承認自己被虐打的傻女人。

「你管我幹嘛？」

「我說過會等妳，妳不快樂，為什麼不找我？」

「但你已經跟別人一起了啊！」

我這麼一嚷，誠仁好像現在才醒覺到自己理虧一樣，靜了下來。我是真的又傷心又氣惱，理智上我當然應該接受這個現實，他沒有錯，跟別人一起無可厚非，但感情上我是真的很失望，我內心的憤恨完全是對自己而言，沒有宣洩的空間，只有更難過了。

我叫嚷著說：「你說會等我又沒有等，我還找你幹什麼？我對你說什麼都沒有用了！你可以給我幸福，這個我知道……但我不要幸福！我不要啊！」

我情願承認自己不要幸福，也不願承認自己後悔。

人太錯的時候，會更堅決否認自己犯錯。

情何以堪？

「不要幸福？」誠仁喃喃地重複這一句，彷彿無法置信，這話竟像把他刺痛了。「妳已經變成這樣了？」

然後他沒有再說什麼，深吸了一口氣，還沒有呼出來，就轉過身淡出了我的視線。

晚上回到楊皓家裡，我訝然發現自己的行李袋就放在門外面。打開一看，裡面是我全部留在這裡的東西，甚至還有我們那張國王皇后造型照片，行李袋旁還擱著拖鞋和雨傘。這算是什麼意思？要跟我斷絕關係嗎？我用鑰匙開門，但門鎖換了。我用力敲門，大叫：「開門！是我！楊皓！開門！」

裡面明明亮著燈，但沒有人回應。我懂了，他要趕我走，是因為今天誠仁的那一通電話嗎？被誤會了他是應該生氣的，但有必要用上這麼決絕的方式嗎？再說，他可以高呼自己被冤枉嗎？我身上的傷痕難道統統跟他無關嗎？我氣得對著門狂打狂踢，我變了！誠仁說得沒錯，從前的我哪有這麼歇斯底里的？我已經不是我了，我為他放棄了我的幸福，他這樣趕我走就算了？這簡直沒法原諒！絕對無法原諒！

我想起了門外空地上放著一根鐵棒，是楊皓有時架帳篷用的，我走過去把它拾起來，使出了九牛二虎的力量，往旁邊的玻璃窗直砸過去。奇怪的是，發洩過後，把玻璃窗都砸得粉碎了，楊皓還是沒有出來喝阻我。這不尋常，習慣了跟他吵鬧，他沒理由可以這麼冷靜的。我攀過窗框爬進屋裡去——

在頂樓的屋裡我終於找到昏迷過去的楊皓，他上半身伏在書桌前，桌上有好幾瓶喝光了的藥水瓶，電腦螢幕上未接收的訊息嗶嗶聲響個不停。

第十三章　不要讓我回頭

當妳愛上一個不會把愛情放在第一位的男人，
妳唯一可以做的，
就是踏開一步，走遠一點，
讓自己永遠是他未完的夢想的一部分。

我在醫院走廊盡頭的自動販賣機前，買了一罐咖啡，蓋子打開了，卻一直在想事情而忘了喝。

窗外傳來轟隆轟隆的雷聲，聽著滂沱大雨，也無法沖走籠罩在我心頭的陰霾。

楊皓不是要自殺，他是服用了過量的止咳藥，導致急性腎炎。我沒收了他的止痛藥，他不知道從哪裡弄來了一些含可待因的止咳藥。我閉上眼睛，他這個人真的沒救啦！

一個閃電掠過後，我聽到護士的聲音說：「是文小姐嗎？」

我回頭，護士正向我跑過來。

「呃，是。」我提高警覺。

「楊先生剛醒過來了。」

「真的？我去看看他。」我立即把沒喝過的咖啡丟進垃圾桶裡。

「但是……」護士卻叫住我。

「什麼？」我看她有口難言的樣子，她應該了解我有多緊張吧。

「他是不是有什麼事？」

「他說不想見任何人。」

「我也不行？」

「嗯，我問過他了，他說妳也不行。」護士也替我難過起來。

「我不信。」我喃喃自語，拔腿朝他的病房跑過去，懶得理護士在後面叫我。

楊皓正要從床上辛苦地坐起來。

他像早料到我一定要來看他一樣，雖然身體虛弱而臉色蒼白，但他仍然目光如炬。

「楊皓！我好歹也救了你一命啊！你想就這樣打發我嗎？」我冷冷地問他。

沒想到他卻反問我：「妳不是想要放棄了嗎？為什麼不拿了行李就走呢？」

我想過要放棄嗎？我有這麼想過嗎？雖然我沒有明言，但我騙得過自己，騙不過他。

「我最不想看見的人就是妳啊！」他提高了音量。「妳每天輕輕鬆鬆地活著，我呢？我根本不知道這個痛什麼時候才會完，我不知道自己的人生還可以成就什麼！妳懂不懂？我完啦！」

每天輕輕鬆鬆地活著？這段日子以來，我在他心裡，竟然是這樣子嗎？

他沒有看見我的痛苦和掙扎。

「他竟然以為我會打妳呢！」楊皓自嘲地笑了起來。「我變成一個怎樣的人了？有一天我會真的做這種事嗎？我不知道，我對自己已經沒信心了。」他的頭搖了又搖，然後他直望著我說：「我根本不會帶給妳幸福，那為什麼還要勉強一起呢？我們算了吧？當我從沒有回來過好吧？」

他仍然笑著，他笑的時候比不笑的時候還要無情。

我爆發開來：「是你說的！在我不再愛你之前，你都要我留下的！我都還沒有不愛你！什麼算了吧？你說得容易！」

我哭了起來，他沉默地看著我哭。護士沒有追上來，任誰都一定被我們決裂的氣勢嚇怕了。

我的眼淚並沒有改變他的心意，他只是靜靜下了一道命令——「我要妳走，妳懂了嗎？」

他不要我了，一個人被拋棄的時候，把舊情話翻出來是人之常情，負心的一方把話說得沒有轉彎餘地也是人之常情，但這不是拋棄，我知道不是這麼一回事。

他是愛我的。

但我卻說：「你恨我。」

他別過臉來，悻悻然說：「愛和恨現在對我也沒有意義了。」

「你真的那麼恨我嗎？」我淒然問。

他再次抬頭說：「妳永遠無法了解我。」

啊！他錯了。

「健康的我讓你恨了，但你會愛生病的我，你認為我不了解，我就去了解！」

我轉身跑出去，頭也不回地沿著樓梯往下跑，終於我來到一樓大廳，我衝出醫院大門，跑進大雨裡，站在空地上，在這裡，可以看見楊皓的病房，他正在窗前看我。

我什麼也沒做，只抬頭倔強地回望著他。從前的我會害怕他這種嚴厲冰冷的目光，但現在我已經可以坦然回望他了。或者我本來就是這麼硬性子的一個人，只是自己沒有發現。兩個只懂得傷害別人的罪人，最適合走在一起了。他難道不懂嗎？我走了這條路，如今已經不能回頭了！我驀然發現，過去的我其實很高傲，不然怎會憐憫那些舊衣服，怎會憐憫楊皓？我憑什麼高傲呢？我該把自己再貶低一些才對。漸漸，冰涼的雨水已經開始滲向頭皮，流過耳背、頸項和臉頰，眼睛幾乎張不開來，衣服黏答答地貼在皮膚上，我喉嚨開始發燙，四肢卻愈來愈冷。

我終於看見楊皓的身影離開了窗，他忍不住下樓來找我。

他也淋著雨筆直地向我走過來。

「妳回家吧！妳病了，我沒有能力照顧妳。」

啊！我就知道我猜得沒錯，如果可以，他怎會不想照顧我？

我慢慢提起沉重的腳步，向他靠過去。

「我不是要妳跟我一起受苦，我不想妳陪我一起孤獨。」

儘管是如此溫柔的話，他卻可以說得不帶一絲情感。

我疲憊地倒在他身上，緊緊摟住他的脖子。

「不要趕我走，不要讓我回頭。」我哽咽著說。

「我不想因為愛妳而讓妳討厭自己。」他在我耳邊說。

「沒有那樣的事！」我用力搖頭。

「妳知道妳選我是錯的，但將錯就錯也不會讓妳好過些。」

說完他還是推開了我。

我不解地望向他，他為什麼要這麼殘酷？

或者他天生就愛揭露真相。

楊皓轉身就返回醫院裡去。

「我不會走！我在這裡等你！是你要我回來的！明明是你要我回來的！」我用力叫著，哭得再也站不穩了，跌坐在濕漉漉的地上，我仍然像個撒野的孩子似的，喃喃說：「我不討厭自己，我最討厭你！」

過了不知道多久，有人用雨傘遮住我，替我擋去風雨，彎下腰把我扶起來。是小蓓。她正用心疼的眼神望向我。

我無力地倚在她身上，被她看見我這樣，我已無話可說了。

小蓓一個人來，她扶著我走，截了一輛計程車，把我塞進去，帶回她的家。

「妳一定是瘋了！還一直以為妳是個很有分寸的女孩，哪知妳現在變成這樣！」小蓓用一條大毛巾包裹著我的頭，毛巾又柔軟又乾爽，雖然她粗魯地抹著我的頭髮，我卻覺得很舒服。她一直氣呼呼地罵個不停：「楊皓打電話給我，我就知道沒有好事情！是他叫我來接妳走的！妳到底還想在那裡賴到什麼時候？我真後悔介紹了這個人給妳認識！」

我捉住小蓓的手，小聲問她：「他為什麼要這樣對我？他明知我為他放棄了什麼……」

小蓓停下動作，把臉湊近我，很嚴厲地問我：「妳為什麼要對誠仁說那樣的話？」

「什麼話？」我不解。

「妳說妳不要幸福了？這算什麼話？妳知道這讓愛妳的人多難受嗎？」小蓓動了氣，把毛巾用力摔到我胸口，又拿了兩件她的衣服扔給我。「不管妳了！如果妳不是我的老友，我現在就要替誠仁摑妳幾巴掌！」

「是誠仁告訴妳的嗎？」我啞著聲問她。

「那天在船上，我問他為什麼不把握機會陪妳，看他那副悶悶不樂的樣子，我逼他告訴我的。」

「我想跟誠仁說對不起……」我嗚咽起來。「他不會原諒我了對不對……」

「妳告訴我也沒有用，自己跟他說去。」

在沙發上睡醒的時候，我發現身旁坐著一個人，卻不是小蓓。

我用力張開哭腫了的眼睛看清楚，誠仁剛發現我醒來了，看見他憂心的臉，我嚇了一跳，還以為是自己太想見到他了，一定是在作夢吧？當我意識到自己不是在作夢的時候，我又覺得無地自容，我不想讓他看見我這樣子。

「紀晨，我在等妳醒來呢。」誠仁小聲說，彷彿還怕驚動睡夢中的我，這話在我聽來，竟像語帶雙關，最近，我一直過著不清醒的日子。

我立即拉起蓋在身上的薄棉被，轉過身背住他，遮住自己的臉。

「紀晨……」

「你為什麼會在這裡的？」我摀著嘴巴問。

「小蓓叫我來的，我知道妳跟他分開了。」

「她呢？」

「她下樓去了，現在這裡只有我們。」

我沒有再說話，我知道小蓓是為我好，她知道我是放不下誠仁的，但是想念他，不代表想見他，她不了解我心裡對誠仁有多愧疚。

誠仁輕輕嘆了口氣，才說：「我說過我在等妳的，我說過算數。」

啊！我實在不想要他再提醒我了，他還嫌我記得不夠牢嗎？

「你為什麼還不明白？我沒有臉見你！你活得愈好，我愈沒有臉見你！」我叫嚷著說，眼淚已經濡濕了被角，我很渴，兩眼和鼻子都很痛。

「妳為什麼會覺得我活得好？」他也有點動氣的說。

「你現在事業有成、又有個待你這麼好的女朋友……」

「如果我告訴妳我活得一點也不好呢？」他動氣了，截住了我那又膚淺又俗氣的話。

我知道誠仁的性格，就是在他最消沉、看不見色彩的日子裡，他也從不會輕言承認自己不開心的。但這讓我更難過更自責了，如果不是因為我，他所擁有的，已經夠他感到幸福了。

「你為什麼要到這裡來？」我啞聲問。

「因為我還在乎妳，因為我想妳回來我身邊。」

愛情從來是兩個人的事，但我卻在我們熱戀的時候單方面退出。他可以不恨我嗎？但我恨我自己。

我咬著下唇，渾身發抖，我想回答，但理智上不讓自己回答。

因為我知道自已根本求之不得，我真想轉身撲進他懷裡。

但我一定會一輩子鄙視那樣做的自己。

該受懲罰的是我，該被詛咒的是我。

「紀晨。」他喚我。

「讓我靜一靜吧。」我聲音都變了。

誠仁沉默了，許久都沒有再聽到他開口，也沒有聽到他發出的任何聲音。他根本不在是吧？那個說已經原諒了我，還讓我回到他身邊的誠仁，的確只是我想像出來的吧？沒有這麼便宜的事，我是在癡心妄想。

誠仁這時候卻終於開口說：「有一個跨國時裝集團找我到瑞典做設計總監，如果是這樣，這邊的店我會關了，大概好幾年也不會在香港了。」

他果然還在。他的話是什麼意思？我一時間無法理解。

聽起來是好事情，我卻莫名地非常感傷。

「妳覺得我應該接受嗎？」誠仁問我。

「那是你的事，問 Cecelia 吧！不要問我。」

沒想到他會說：「她跟我分手了，是她提出的。」

我終於忍不住把被子揭開，翻過身來望向他。

「不可能的。」我喃喃地說。

等了這麼久才得到的人，她有可能這麼輕易放手嗎？

誠仁卻竟然因為再見到我的臉而微笑起來。

「沒有什麼是不可能的。」他很淡然的說。

他伸出了手，用很珍重的手勢，輕輕摸了摸我的臉頰。

「我的成功會把妳愈推愈遠嗎？」他問我。

我捉住了他貼在我臉上的手，他手掌的觸感仍然令人懷念。

「你去吧！我現在唯一肯定的是，不要再為我放棄什麼。」

「妳不想再跟我一起了？」

我承認了：「我很想，但不是現在，也不知道是什麼時候。」

誠仁摸了摸我的頭髮，掃過髮梢，在耳朵後停了好一會，然後他收回了手，微笑著說：「知道妳也是很想跟我一起的，那就夠了。」

我本來是想跟他道歉的，卻始終沒有機會好好說，現在我又覺得一聲對不起就想他前事不計的話，其實更該被鄙視。

「你只是因為失去了我，才會以為自己這麼愛我。」我淒然說，我了解這種想法，就像當初我對楊皓一樣，那是幻像，遲早也會消散的，再得到了，他會知道我根本不好。

他卻胸有成竹地說：「有一天妳會知道，我並不是妳所以為的那樣。」

那天之後，楊皓搬走了。

我知道我要找他的話，一定可以找到的，但我沒有那樣做。我不知道他到哪裡去了，甚至不知道他的死活。我只知道，由始至終，他仍然是個不懂得跟人道別的男人。

當妳愛上一個不會把愛情放在第一位的男人，妳唯一可以做的，就是踏開一步，走遠一點，讓自己永遠是他未完的夢想的一部分。

了解到這一點之後，我跟楊皓，終於可以結束了。

第十四章　希望妳現在過得好

遺憾讓愛情淒美，也讓愛情荏弱，
即使可以再要，或者已經不是同一回事了。

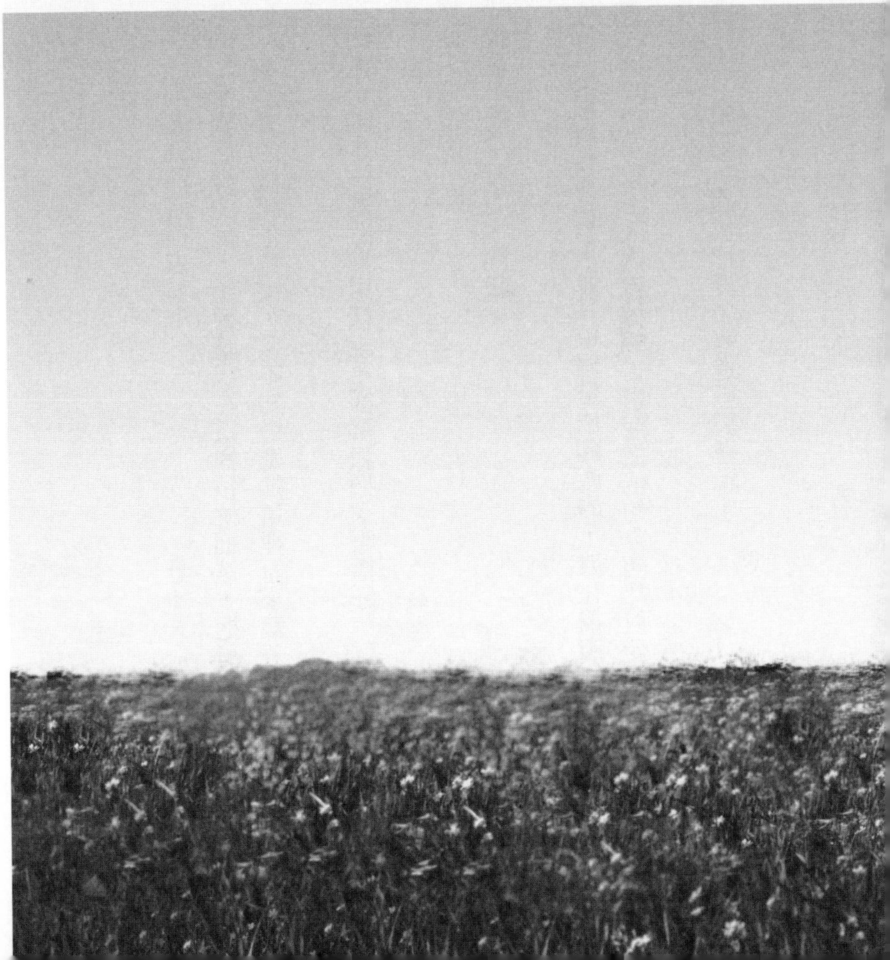

兩年後。

「媽，我先拿這麼多，現在就回店裡去啦！」

每星期我都會回媽的二手衣店裡一天，她會讓我在這裡精挑細選，把可以賣個更好價錢的衣物篩選出來。不是真的做起生意來，還不知道媽媽這裡原來藏著很多可以賣到好價錢的寶物呢！

「妳又把我的好東西淘走啦！」媽雖然這樣說，卻幫我把衣服摺好，還幫我拿來一個更大的紙袋裝東西。

「這個也行嗎？只是人造皮呢！」

媽抽出一個流蘇小提袋，看了又看，問我：

「可以賣多少？」

「八〇年代 Chanel 有出類似款式啊！而且這個是法國產的，放在櫥窗好好搭配的話，就是標價一千多元應該也可以三天內賣掉啊！這個價位的東西都很受歡迎！」我很有信心地說。

「真的嗎？」媽媽睜大了眼睛，連忙把提袋塞進紙袋裡說：

「拿去拿去，還是我女兒有眼光！看這裡像垃圾堆一樣，我都分不出這個跟那個。」

「那我先走啦！」我一手拉著沉重的行李箱，一手挽著紙袋，踏出店外。

「嗨！紀晨！」媽媽忽然想起了什麼來。

「這裡好像有幾封信是給妳的。」

「啊？」我把信接過了。

一個人擠上了公車，好不容易等到有位子了，我才坐下來拆信。

一如所料，大部分都是銀行月結單和宣傳單張，我連拆閱的興趣也沒有。當最後看到一個不一樣的信封時，反而因為感到無法理解而猶豫起來。

是從南非寄來的郵件，我認識誰住在那裡嗎？沒有吧？

我把信拆開來，一看見字跡，我整個人為之一震。

是楊皓給我寫的信。

紀晨：

很久沒見，也很久沒聯絡了，只想問妳一句：妳好嗎？

我呢？還好。

最近因為公事回來了南非開普敦一趟，便到企鵝保護區探訪了一下，我找到由我們命名認養的企鵝了，牠曾被放歸自然，但不久又自己回來了，還生了企鵝寶寶，現在母子都在保育中心暫住，我給妳拍了照片，我想妳看見的話一定會很高興的。

有些話一直想告訴妳的，就趁這機會說吧！

我沒有再犯頭痛了。正當我以為自己要用餘生跟它同存的時候，有一天，它忽然消失了，它走了。當時我就有一種直覺，知道它是真的永遠不會再回來了。

忽地清醒過來，才發現原來我已經失去了那麼多，失去的已經失去，再也要不回來。我問那是誰的錯？這算是上天對我的玩弄嗎？頭痛遠離我的最初，我也沒有變得快樂起來，我仍然是那個憤世嫉俗的我。

還是到很久以後，我才明白，失去妳，明明都是我的錯。

太多事情看不順眼了，其實我最討厭的是自己。因為無法接納自己的過去，所以只能嚮往美好的未來，只能不斷地向前衝，用衝刺證明自己的存在。但是，連自己也拯救不了的男人，談什麼拯救世界呢？一直把痛苦加諸別人的人，談什麼愛人呢？

由始至終，我都是真心喜歡妳的，但我卻沒有給過妳快樂。雖然現在明白了很多事情，但這次，我不會再找妳了。

我不懂得跟人道別，我也不想跟妳說兩次從頭開始。

無論如何，我想說的是，跟妳一起的日子，至少能讓我肯定，自己還算不上是個悲劇角色吧。

希望妳現在過得好。

皓

信封裡附著企鵝母子的照片，我眼眶濡濕，卻情不自禁地微笑起來。他做得沒錯，看著這幀生機勃勃的照片，不知怎的我就已經可以感覺到，他現在應該活得還不錯吧！內心灰暗的人，眼裡是容不下這麼美麗的畫面的。

從前我覺得他辜負了我，那是為了理想也好，因為病痛也好，反正都是同一回事，這個人不懂得愛人，誰跟他戀愛都注定比一個人更孤獨；現在我卻覺得根本沒有誰辜負誰，是我死心塌地、不自量力，以為如果我們可以重來一遍，就可以改變他。或者有一天真有個女孩可以做到，但那人並不是我。

終於明白，有時候人生有些東西不該完全，有些感情也只能永遠留白。

回到店裡，我佇立在櫥窗前，感慨良深地看著眼前花了很多心思做的陳列擺設，想起第一次站在這裡的時候。

這店本來就是誠仁離開公司後跟 Cecelia 一起開的時裝店。誠仁走後，我鼓起勇氣來過一趟，發現店雖然在招租，裡面的裝修卻原封不動，連貨品也沒有移走。我到租務處詢問，才知道 Cecelia 對這店已是一副放任不管的態度。當時我腦裡湧現一個不知哪來的大膽念頭，毅然把這店舖租了下來。我覺得這裡終究包含了誠仁的心血，置身其中，會莫名地感到跟他有著牽繫。

裝修和擺設我都盡量保持不變，只是把格調弄得更復古些、女性化些，把這裡變成我一手一足打理的精品古著店。貨源除了媽媽的店，也有我親自到世界各地的古著店搜尋回來的，網上郵購也省卻了遠行的麻煩——但最令我做得起勁的，卻是賣誠仁設計的衣服部分。就在半年前，我引進了誠仁在瑞典的設計，把店裡顯眼的一角騰出來，要好好推廣他的設計。我賣的衣服跟他的設計，雖然是不同時代的產物，卻從來沒有格格不入的感覺。我跟誠仁沒有聯絡，但每次把他的新設計掛上去，每次有人高高興興地把他的衣服買走，我都會覺得跟他有一瞬間的親近。

嗯，誠仁這季的主題是哥德式設計呢！竟然跟我店的復古風不謀而合啊！等等我立即動手去改變一下櫥窗的主題吧！

我在店裡正要忙，玄關的鈴聲響了起來。

「歡迎光臨！」

我以為有客人來了，便精神奕奕地說道，原來是小蓓。

「呃？是妳。」我立即省卻招呼的步驟，繼續蹲下來工作。

「嘻嘻，又是我。」小蓓三天兩頭就來看我，她現在在附近上班。雖然我沒有表現出多熱情，但其實樂得有她陪我。

「又從妳媽那裡弄到好東西嗎？是什麼？給我瞧瞧！」

我反正把衣服拿出來了，便逐件逐件舉起來給她看：

「有七〇年代夏威夷產的腰果花裙子，還有橙黑色的千鳥格子大衣，很龐克吧？還有 Gunne Sax 宮廷式裙子呢！這款是 Mary Quant 的迷你裙……」

我翻開時裝雜誌的一頁給她看：

「妳說跟這款 Twiggy 穿的像不像？」

小蓓對照了一下，笑著說：「真的好像一模一樣呢！厲害！」

「找我沒什麼事吧？」我問她。

「怕妳悶，來看看妳吧。」

「哪裡悶？忙死了。」我笑著說，發現有個鈕子鬆了，我起身回到櫃檯前面找針線，小蓓也跟著走過來。

「喂！那條珍珠項鍊，婚禮那天妳一定要給我弄過來唷。」小蓓說。

小蓓過兩個星期就要跟阿麥結婚了，她最近都很在意婚禮的事，把我也弄得緊張兮兮的。

「行了行了！妳已經說過十幾遍啦！」我笑著說。

她在英國一個網站看中一條珍珠項鍊，說跟她的婚紗很相配，我便幫她訂了過來。

「沒辦法啦！妳這麼冒失，我實在不放心！」她說，這時她的手機響了起來，她便接聽了。

「啊？找她嗎？她在啊！」

聽到她的對話，似乎對方想找我呢！不管是誰，我第一個反應便是擺手搖頭。但小蓓還是說：「她就在我身邊啊！你自己約她吧！」

「誰啊？」我小聲問。

小蓓嘴唇動了一下，我知道就是她的一個男性朋友，最近在她的朋友聚會上見過一面，很纏人的傢伙。

我連忙用更大幅度搖著頭。

小蓓聳聳肩，表示明白，便把他打發過去，掛斷了線。

我吁了一口氣。

「為什麼不給他一個機會啊？」小蓓竟然替他不值。「他很不錯啊！又是會計師……」

「他是很不錯，但我沒有那個心情。」我如實說。

「喂，我的婚禮……」小蓓一副試探我的語氣。「我好不容易聯絡上誠仁，我想請他回來參加。」

「是嗎？」

我嚇得針刺進了手指頭，但只叫了一聲，連忙又假裝鎮定地問：

「那他怎麼說？」

「他說走不開。」

「噢。」

「妳瞧妳，樣子多失望。」

「才沒有。」我否認，繼續縫補衣服。這時候有一個相熟的客人進來，這位小姐很欣賞誠仁的設計，一有新貨一定來看。這次她又買了兩件誠仁設計的裙子，另外買了一個包包，一雙鞋子。

付款的時候她忍不住問：

「不知怎的就覺得妳這裡的衣服跟他設計的總是那麼配，你們其實是不是認識的？」

「當然……」小蓓想搭腔，我連忙截住她說：「當然不認識啦！我只是也很欣賞他而已。」

小蓓睜著眼看我。

「嗯，在香港還是妳最先發掘到這位設計師呢！不過我覺得遲早會有愈來愈多人注意到他的，這期美國版的雜誌我也看到他的介紹了！」

「真的嗎？」我很興奮。

「哪本？哪本？我這就去買！」

我很感謝她帶給我這個消息，算了她一個很大的折扣，她很開心。

「這樣沒錢賺吧？」客人走後，小蓓說。

「不要緊啦！我很開心嘛。」我還在笑。

「我想現在就去買那本雜誌啊！」

「那提早關門去吃飯好不好？」小蓓提議道。

「嗯！好啊！」

前往雜誌店的路上，我被大型電器店櫥窗裡的電視螢幕吸引住視線。

「呃？是什麼？」小蓓也陪我停下腳步，她看見了立即忍不住叫出來：

「那不是楊皓嗎？」

電視上正播著新聞，許多支麥克風正對著他，隔著玻璃我聽不到他說什麼，不過看見他的職銜，現在已經是當時那組織另一個區域的行動總監了，他穿著厚重的羊絨大衣，還是我陪他一起去買的那件呢！他身後是一艘新造的船，似乎在解釋即將展開的行動，他頭髮短了，看起來很清爽，氣色也很好，臉上掛著恰如其分的笑容，從前銳利的眼神現在添了幾分溫柔。

很快便跳到另一段新聞，我還站在原地，對他短暫的出現感到不可思議。

曾經那麼親近的一個人，以後，只能用這方式再見了吧？

「他現在總算過得不錯吧。」小蓓的語氣聽起來比我還要感慨。

「嗯。」

我只點點頭，笑一笑，轉身繼續向前走。

我忽然發現，楊皓和誠仁也都很積極地活著，小蓓和阿麥也終於結婚，得到幸福，他們都像活在一個真實的、生動的、不斷前進的世界。原來在我心目中很重要的每個人，其實如今都活在跟我不一樣的世界裡。

從前我要的英雄，他反叛得足以反轉世界，粉碎殘酷現實，給我浪漫，足以讓我在餘生回味；如今我要的英雄，他可以照顧我，讓我高飛卻不會離棄我，無時無刻讓我為他感到驕傲。

我的英雄，是施誠仁。

「我說啊，妳還要懲罰自己到什麼時候呢？」走在身旁的小蓓忽然正色問。

「我沒有啊！我不是過得還不錯嗎？」我說。

「就這樣麼？妳不找施誠仁嗎？」

「就這樣吧！跟他有點關聯就可以了。」我心滿意足地微笑說。

「但這不是戀愛呀。」

「怎麼說呢？」我想了想，才說：「我覺得，有些戀愛還是不圓滿的好。」遺憾讓愛情淒美，也讓愛情荏弱，即使可以再要，或者已經不是同一回事了。

「並不是每次都這樣的，並不是每個男人都一樣的。」小蓓卻很肯定的說。

「我說呢！如果一生中沒有任何值得懷念的東西，也就不會明白何謂感傷，不明白感傷的話，是不會得到真正的幸福的。」

她莫名其妙地望著我，聽我的傻話。

「只是懷念就夠了嗎？」她問我。

「妳已經得到幸福啦！就不必操心了！」我推推她，我們都笑了。

小蓓在婚禮前，舉辦了告別單身派對，我當然也有出席。

雖然跟其他女生大多都不認識，不過現在的我，不再像兩年前的低潮時期那樣，逃避人多的場合，跟陌生人相處很快便可以混熟，她們當中不少還說過幾天來我店裡光顧呢！

我們吃過晚飯，一行十幾個人便到酒吧消遣整個晚上。

沒想到在酒吧裡碰上久違了的Cecelia，她有點醉，但我見識過她更醉的樣子，現在的她還算很清醒。她看見我跟小蓓，很大方地走過來跟我們打招呼。

「哈囉！許久不見了！」她主動對我說，她似乎並沒有特別討厭我。

「是啊！這是小蓓的告別單身派對，所以我們來玩玩。」我說。

「小蓓妳結婚啊？跟阿麥嗎？」她還記得。

「當然了！不然還有誰？」小蓓怪叫著說，然後我們三人都笑了。

我跟 Cecelia 對望了一眼，沒想到我們同時開口問對方：

「誠仁好嗎？」

我們說完面面相覷，難道她以為我現在還跟誠仁一起？

「我跟誠仁分手了，他沒告訴妳嗎？」Cecelia 若無其事地侃侃而談。

「他是這樣說過……」我苦笑：「但我不相信。」

「啊！妳這麼小看我？以為我就不能不要他？」

Cecelia 雖然這麼說，卻沒有生氣的意思，反而笑著說：

「我知道他在瑞典，但我以為你們還是一對呢！」

「不是啦。」我搖了搖頭。

Cecelia 舉起酒杯呷了一口，若有所思地說：

「我覺得我在他低潮時幫了他一把，我已經成為他人生中很重要的角色了吧？我明知他不愛我，分手是遲早的事，我不想他因為自覺虧欠才留在我身邊。」

她往後撥了撥耳後的頭髮，笑著說：

「了解到他從沒愛過我已經夠慘了，我不想最後成為被放棄的一個啊！」

有個男人向 Cecelia 走過來，摟住了她的肩，在她耳邊告訴她有朋友來了。他雖然不認識我們，但大方跟我們打了招呼。男人看來已過中年，但仍然很帥氣，跟 Cecelia 很相襯。

Cecelia 轉身走後，小蓓說：「難怪她現在這麼看得開了。」

「那麼現在誠仁跟誰一起呢？」我開玩笑地問小蓓：「瑞典女孩漂亮嗎？」

小蓓笑罵道：

「妳以為這真是我的告別單身派對這麼簡單嗎？大家來到也不過是為了結識男人！妳不要再想舊情人，也不要再黏著我啦！這樣我們兩個都沒著落的了！」

「是阿麥派我看著妳的，我不會走開的。」我摟著她肩膀說。

「真的假的？」

「妳說呢？」

婚禮的那一天，我真的被小蓓看扁了，居然忘了把最重要的珍珠項鍊帶過去她的家！

「怎麼辦？怎麼辦？我已經提醒妳上百次了吧！」化妝師在替小蓓化妝，她雖然又生氣又焦急，但卻動也不能動。

「對不起啊！項鍊在我店裡，我現在立即回去幫妳拿來！一定還趕得及的！」我內疚得不得了。

我穿著伴娘服就跑，一個人返回店裡，一邊開閘門，一邊打電話，打算對心急地等著的小蓓說我已回店裡去了。沒想到她卻說：「妳別趕過來，留在店裡。」

我以為她生氣了，說不想再看到我了，還厚著臉皮問：

「為什麼？妳生氣了吧？我真的可以很快回來的！妳信我這最後一次吧！」

「我才沒有生氣！總之妳留在店裡等。」

「等什麼？門開啦、門開啦！給我半小時就可以回來了嘛！妳別生氣吧……」

我正想推開玻璃門，卻發現一雙黑色帆布鞋停在我身旁。

我轉頭一看，居然是誠仁！

誠仁穿著粉色系的條紋襯衫，軟趴趴的灰色西裝外套，單肩背著一個很大的皮包。他頭髮長了很多，眼睛帶笑地望著我，不發一語。

啊！我終於懂了，我明白小蓓為什麼硬是要我在店裡等了。她早知道誠仁會來找我的。

我再見也沒說，就掛斷了電話。

「嗨。」誠仁先開口。

「嗨……」我顫著聲說。

「臨時改變了行程，可以回來參加小蓓的婚禮了，我剛抵達才告訴她的，她告訴我妳在這裡。」

誠仁張望了一下店裡的情況，很有感觸地說：

「她說了這裡的地址，我還不相信呢！這不是我從前的店嗎？」

我一時間內心激動得無法言語，這簡直難以置信！誠仁回來了，他跟我說話的語氣一點隔閡都沒有，也像他從來沒有生過我的氣一樣。

他看見了張貼在店門外的雜誌剪貼，那些文章刊載了我店裡找得到誠仁設計品牌的消息。

誠仁讀著讀著，又意外又興奮地笑起來，他笑的時候，眼角泛起皺紋的俊美臉龐，那不帶任何侵略企圖的眼神，還是像以前一樣令人動心。

「我聽說過香港有小店在賣我的設計，原來是妳呢！」

「是的，你的設計……很受歡迎……」我結結巴巴地說。

「真的嗎？」他很開心。

「妳一直不找我，我以為妳已經不支持我了。」

「我一直在這裡支持你啊！」

他凝望著我，我最受不了他若有所思又帶著微笑的表情。

我別過臉去，不敢再望他。

已經許久許久，沒有對誰有心跳的感覺了。

「我忘了幫小蓓拿項鍊，所以才回來，拿了就得趕著回去給她了。」

「是啊！她告訴我了。」誠仁頓了頓，我感覺到他的視線停在我身上，他說：

「妳今天好漂亮……但還是一樣冒失呢。」

我笑了起來，再望向他。

「要去婚禮，我卻沒有帶像樣的禮服，可不可以進去妳店裡挑一套？」他忽然問道。

我難掩心裡的興奮，問：「你要怎樣的禮服呢？」

「至少要配得起妳的呢！」他指了指我身上的伴娘服說：

「小蓓應該不會催我們吧？」

我沒好氣地笑著，愈來愈甜的笑容，再也收不回來了，他明知道的，小蓓根本就是跟他一夥的。

國家圖書館出版品預行編目資料

聽說我們仍在相愛 / 鄭梓靈著.--初版.--臺北市：皇冠. 2013.06 面；公分
（皇冠叢書；第4309種）(鄭梓靈作品集；1)

ISBN 978-957-33-2987-9（平裝）

850.3857　　102009184

皇冠叢書第4309種
鄭梓靈作品集 1
聽說我們仍在相愛

作　者—鄭梓靈
發 行 人—平雲
出版發行—皇冠文化出版有限公司
台北市敦化北路120巷50號
電話◎02-27168888
郵撥帳號◎15261516號
皇冠出版社(香港)有限公司
香港上環文咸東街50號寶恒商業中心
23樓2301-3室
電話◎2529-1778　傳真◎2527-0904
責任主編—盧春旭
責任編輯—吳怡萱
美術設計—程郁婷
初版一刷日期—2013年6月

法律顧問—王惠光律師
有著作權・翻印必究
如有破損或裝訂錯誤，請寄回本社更換
讀者服務傳真專線◎02-27150507
電腦編號◎547001
ISBN◎978-957-33-2987-9
Printed in Taiwan
本書定價◎新台幣250元

• 鄭梓靈官網：www.sirenacheng.com
• 鄭梓靈臉書粉絲團：www.facebook.com/sirena.cheng.fanpage
• 皇冠讀樂網：www.crown.com.tw
• 小王子的編輯夢：crownbook.pixnet.net/blog
• 皇冠臉書粉絲團：www.facebook.com/crownbook